AF377169

LES MINISTRES

DUC DE CAZES,

MARÉCHAL GOUVION-S^T.-CYR,

ET MARQUIS DESSOLLES,

OU

LES CONSPIRATIONS

CIVILE ET MILITAIRE.

Cette longue chaîne de crimes que la révolution française a produite, les rois vont la rompre.

A PARIS,

Chez {
LE NORMANT, rue de Seine, n° 8 ;
PONTHIEU, Libraire, Palais-Royal, galerie de bois, n° 201 ;
Et les autres Libraires.

7 SEPTEMBRE 1820.

LES MINISTRES

Duc DE CAZES,
Maréchal GOUVION-St.-CYR,
et Marquis DESSOLLES,

ou

LES CONSPIRATIONS
CIVILE ET MILITAIRE,

QUELS sont les hommes qui préparent encore la chute des trônes, et d'affreux désastres ?

Des traîtres, gardes prétoriennes de la révolution, rentrés dans les cadres des armées royales ;

Des traîtres qui ont rêvé pendant vingt-quatre ans une république imaginaire, et qui ont poursuivi leurs illusions à travers tous les gouvernemens et toutes les anarchies.

Depuis long-temps ils travaillent à rompre tous les liens des nations, à souffler d'un bout du monde à l'autre la discorde et la guerre, à sacrifier le bonheur de la génération actuelle aux fureurs de leur infatigable ambition, ou de leurs théories abstraites.

C'est dans la France que brûle le foyer de la révolte ; et les Carnot, les Syeyes, les Fouché et les Barrère, sont à postes fixes dans les pays étrangers, pour en recevoir les étincelles, et embraser les trônes des rois qui leur donnent asyle.

Faire rouler le char de la royauté sur les cadavres fumans des royalistes, tel est le vœu, tel est le projet de ces fougueux incendiaires buonapartistes ou républicains réunis, quand il s'agit d'éteindre cette lumière importune qui éclaire leurs forfaits.

Ces artisans du crime, qui s'arrogent encore le droit de régénérer le genre humain, ou de donner à un peuple nouveau un nouveau baptême de sang, n'ont-ils pas laissé dans nos dépôts publics leur manifeste d'hostilité contre les rois, dans le temps où ils relevaient la statue hideuse de leur liberté, c'est-à-dire quand le fléau du monde, Buonaparte, échappé de l'île d'Elbe, a rappelé dans ses conseils cette poignée de scélérats qui ont organisé le désordre, légalisé l'insurrection, consacré l'anarchie dans le plus beau et le plus heureux royaume de l'univers, quand ce despote absolu a rallié sous ses aigles dévorantes cette armée de braves qui a fondé sa réputation militaire, et qui, entraînée par quelques généraux ambitieux ou perfides, a oublié le serment de fidélité prêté au roi légitime.

A la nouvelle de l'invasion de ce Corse *qui traînait dans les rochers de l'île d'Elbe les restes d'une vie déshonorée, et qui, violant les lois les plus saintes, a quitté cet asyle que lui avait offert la générosité de ses vainqueurs, a étouffé lui-même pour jamais ce dernier sentiment* (1), les rois de l'Europe, réunis

______

(1) Expressions du *Nain Jaune*, habillé alors en royaliste, dans sa feuille du 10 mars 1815.

à Vienne, firent entendre, le 13 mars, cette terrible sentence du prophète : « Tous ceux qui auront touché à l'arche sacrée seront punis de mort. »

« Nous protestons, disaient-ils, que si, contre tout calcul, il pouvait résulter de l'invasion de Napoléon un danger réel quelconque, nous sommes prêts à donner au roi de France, et à *tout autre gouvernement attaqué*, les secours nécessaires pour rétablir la tranquillité, et faire *cause commune contre ceux qui entreprendront de la compromettre.* »

A cette déclaration solennelle, pal'adium du salut des états, qu'opposèrent les satellites de Buonaparte? Ceux qui présidaient les sections de son conseil rétablirent, comme dogme politique, la *souveraineté* dans les mains du peuple (c'était faire la censure la plus amère du feu gouvernement impérial !); ceux qui avaient usurpé les siéges du sénat convertirent en loi (2 juillet) la manifestation de ces principes houteux qui renversent l'harmonie suprême d'action dans le corps politique.... Les insensés ! n'ont-ils pas encore acquis la preuve que l'on ne conduit pas une révolution comme une intrigue de théâtre ?

Le Bulletin des lois, qui renferme la publication de ces principes fauteurs et complices de tous les attentats dont l'Europe et ses colonies ont été le théâtre sanglant, n'est pas encore livré à la main du bourreau, pour les flétrir ?

« La Chambre, lisons-nous dans cet exécrable libelle, a déclaré qu'elle ne saurait jamais avoir pour chef *légitime* de l'état, celui qui, en montant sur le trône, *refuserait* de *reconnaître les droits de la nation, et de les consacrer par un pacte solennel;* que cette Charte est *rédigée*, et que, si la *force des armes* parvenait à imposer un *maître*, alors, cédant à la force, la *représentation* nationale *protestera*, à la *face du monde*, des droits de la nation française *opprimée*. Elle en appellera à *l'énergie* de la *génération actuelle* et des générations futures, pour *revendiquer* à la fois *l'indépendance* nationale et les droits de la liberté civile; — que, dès aujourd'hui, elle en appelle à la justice et à la raison de tous les peuples civilisés. »

Louis XVIII n'est-il pas successeur de tant de rois qui, depuis quatorze siècles, ont formé et agrandi la France? Ses ancêtres n'ont-ils pas, comme S. M., reconnu les droits de la nation? Ces droits n'ont-ils pas été consacrés par une constitution, non écrite avant celle dont Louis XVIII a fait octroi au peuple, et dont elle ne devait être que la conséquence?

Quelle est la dynastie dont l'histoire offre une légitimité plus incontestable?

Une Charte qui n'est pas donnée par le roi est un acte anti-social qui ne lie pas : elle n'est qu'une usurpation sur les droits de la légitimité.

Nous avons une Charte : elle a été jurée par le peuple; elle est donc consacrée comme pacte solennel, pour me servir des expressions mêmes des signataires de la protestation à la date du 2 juillet.

Pourquoi donc les niveleurs de 1792, grands dignitaires, comtes, barons, marquis, chamarrés de tant de décorations, et occupant les châteaux

des hommes qu'ils ont proscrits, ne reconnaî-
traient-ils pas les pouvoirs légitimes d'un maître
qui les a comblés de ses faveurs, de ses bienfaits, dont ils portent les marques distinctives;
d'un maître à qui ils ont juré *encore* fidélité;
d'un maître qui a donné une Charte, dont ils
défendent si chaudement les intérêts?

Faux amis du peuple dont ils caressent les
vices, ils se croyaient encore une fois maîtres
de la souveraineté populaire, quand ils pros-
crivaient au 2 juillet la famille des Bourbons;
quand ils avaient fait rédiger par les Manuel,
les Benjamin, les Lafayette, etc.; une Charte
qui est restée dans les cartons de la commission
de constitution.

Hypocrites par caractère et par habitude,
ils feignent en ce moment un fervent amour,
non pas pour les Bourbons dont ils mau-
dissent la race, mais pour une Charte, dont
l'esprit faussé leur promet une prochaine Convention.

La farce que les buonapartistes ont fait jouer
au champ de Mai, au grand dépit des républicains, pour faire reconnaître chef de l'état
Buonaparte, qui n'était plus qu'un ennemi et
qu'un rebelle dans la France, depuis son abdication; qui venait d'être déclaré un brigand,
désormais hors la loi commune des nations,
pour avoir rompu son ban, par les puissances
réunies en congrès dans Vienne, ne pouvait
pas avoir la puissance de délier de leur serment
à Louis XVIII, ces caméléons politiques qui
ont signé cette ignominieuse protestation.

Heureux, s'ils n'avaient que l'art de tromper!

mais plusieurs d'entre eux ont le germe du crime dans l'ame.

Une voix, une seule voix s'est-elle élevée dans le sénat contre la proposition insensée d'une loi outrageante à la légitimité des rois, insultante aux monarques dont les armées étaient en marche, pour rétablir en France les droits du souverain et ceux du peuple, usurpés avec tant de scandale ?

Les trois ministres, admis aujourd'hui dans les conseils du Roi, les pairs de France, qui étaient membres de ce sénat usurpateur ou rebelle, ne sont-ils pas accusés, par le tribunal même de la politique, d'être les complices du crime de léze-majesté ? car proscrire son roi est une action non moins gravement criminelle, que celle commise par M. Lafayette sur la personne de Louis XVI dans Varennes.

Ce crime, audacieusement conçu dans la Chambre des représentans, n'a-t-il pas reçu un commencement d'exécution par l'envoi des Lafayette, de Flaugergues, des Sébastiani, près les rois alliés, qui les ont repoussés avec une souveraine indignation ?

Ne portaient-ils pas, ces vils messagers d'une Chambre déshonorée, la honteuse proposition aux monarques, ligués contre l'homme de malheur, de donner à la France un *maître* pris hors la race des Bourbons ?

O scandale des scandales ! l'un de ces plénipotentiaires des révoltés contre la dynastie régnante vient d'être nommé récemment maître des requêtes au conseil d'état du Roi !

O plus grand scandale encore ! la rebellion de

cette Chambre est presque honorée comme une vertu, et le voyage des fidèles qui ont accompagné le Roi à Gand a été déclaré un crime, puisque le Roi, par ordonnance, les a amnistiés.

Si des ministres pervers ou ineptes ont surpris à la religion de Louis XVIII tant d'ordonnances qui consacrent le triomphe des idées révolutionnaires sur les doctrines saines, l'opinion publique, cette maîtresse du monde, les a passés au creuset d'une censure respectueuse, impartiale.

La contre-révolution! les méchans, les protées politiques seuls, la craignent. La contre-révolution ne prend-elle pas sa date du jour que le Roi est entré dans le palais de ses aïeux? Elle n'est point et ne doit pas être, dans un temps calme, le combat sanglant du Français contre le Français: elle serait alors une guerre civile. Mais elle est nécessairement le combat des principes moraux qui conservent les empires, contre les maximes pernicieuses qui les détruisent.

Elle a placé la légitimité en présence de l'usurpation.

Si un ministère perfide ou inhabile n'avait pas mis depuis long-temps la France dans une fausse position, le peuple serait-il maintenant tourmenté par de graves et continuelles inquiétudes?

Qui sont ceux qui doivent être prévenus de vouloir revendiquer l'indépendance nationale, et proscrire le *maître imposé?* La protestation du 2 juillet les nomme; et ne sont-ce pas presque toutes les personnes *nommées* qui occupent les places supérieures et inférieures de l'état?

A ce système faux en politique, dangereux.

en morale, qui a amené depuis un an des catastrophes sanglantes, qu'a donc opposé la contre-
révolution ?

Une résignation héroïque dans les injustices
dont tant de fidèles ont été victimes ;

Un murmure respectueux contre une ordonnance qui a dissous une Chambre *introuvable* ;

Une surveillance désintéressée contre des manœuvres ténébreuses, pour exterminer le Roi
et la famille royale ;

Un refus formel de communication avec des
ministres qui n'ont pas la moindre confiance, et
l'attente d'une journée inévitable de combat,
pour défendre glorieusement les marches du
trône, avec le soldat fidèle à ses princes. Car
que l'on ne s'y trompe pas : le soldat ne
sortira plus de la ligne monarchique, s'il
est toujours commandé par des hommes qui
préfèrent la gloire militaire au pillage des
royaumes voisins, et qui n'ont pour ambition
que celle de servir le Roi et l'état.

Voilà les deux partis qui existent en France :
l'un, révolutionnaire, veut toujours usurper,
d'abord la couronne du Roi légitime, ensuite
la propriété d'autrui. L'autre, contre-révolution-
naire, qui, composé aux trois quarts d'hommes
anti-féodaux, ne désirent que la liberté légale,
les institutions monarchiques appropriées aux
mœurs du temps, toujours prêts à recevoir dans
leurs rangs ces gens d'honneur qui, pendant
nos phases révolutionnaires, n'ont eu que des
erreurs d'esprits.

Je dis que le ministère s'est laissé entraîner
par un faux système.

En effet : de même que le berger ne confierait pas la garde de son troupeau aux loups, de même le ministère ne devait pas confier la garde de la monarchie à ses ennemis; et n'est-il pas notoire que les proscripteurs de la dynastie régnante tiennent exclusivement les rênes des administrations publiques? Et disons-le hardiment : si, d'une part, ceux-ci ne redoutaient point une diminution de forces, par l'effet inévitable d'une scission en deux partis, l'un buonapartiste, l'autre républicain, après le combat; et si, d'une autre part, ils ne craignaient pas non plus, avec non moins de raison, que la rebellion intestine ne ramenât les étrangers en France, et que les étrangers, vainqueurs, à l'imitation des Romains qui enchaînaient les vaincus à leur char et les réduisaient ensuite à l'esclavage, ne les traînassent prisonniers dans la Sibérie, le trône des Bourbons aurait été déjà renversé.

Les royalistes, traités par les anciens suppôts, ou du directoire républicain, ou du despote impérialiste, comme des étrangers non naturalisés en France, étant sans autorité, sans fortune, sans armes, ne pourraient, au jour d'une aggression générale, que mourir au pied du trône.

C'est donc contre les puissances étrangères que les signataires de la protestation du 2 juillet dirigent la révolte, l'incendie, les poignards, avec l'assistance de ces êtres avilis auprès desquels Catilina aurait passé pour un scrupuleux, et Céthégus pour un homme sobre et modéré.

Buonaparte était-il digne de gouverner les Français, qui, dans tous les temps, ont vu croître pour eux les palmes de la gloire auprès de celles du martyre ?

La lettre qu'il écrivit en décembre 1793, de Toulon, armée pour reconquérir son roi légitime, aux proconsuls Roberspierre (jeune) et Fréron, ne donne-t-elle pas une juste idée de sa faible éducation et de ses atroces sentimens ?

« C'est du champ de gloire, disait-il, et marchant dans le sang des traîtres (des royalistes), que je vous annonce avec joie que vos ordres sont exécutés, et que la France est vengée. Ni l'âge, ni *le sexe, n'ont été épargnés ;* ceux qui avaient été seulement *blessés* par le canon républicain, ont été *dépéchés* par le glaive de la liberté et la baïonnette de l'égalité. — Signé *Brutus* Buonaparte, *citoyen sans-culotte.* »

A Jaffa, Buonaparte a prouvé qu'il était plus cruel que le Vieux de la Montagne.

Il prit d'assaut la ville de Jaffa : il passa au fil de l'épée une partie de la garnison. Un grand nombre de prisonniers, réfugiés dans la mosquée, implorèrent la clémence des généraux vainqueurs, et obtinrent grâce de la vie ; mais bientôt après, Buonaparte blâma les mouvemens de pitié éprouvés par les soldats français ; il ordonna aux Turcs de se rendre tous sur une hauteur, hors de Jaffa, où une division d'infanterie se plaça en ligne vis-à-vis d'eux. Un coup de canon annonça le massacre général ; des ordres furent donnés à M. Gobert, commandant d'artillerie, de vomir la mort, il refusa d'obéir : pareils ordres furent portés aux officiers des troupes étrangères, et des volées de mousqueterie et de mitraille furent tirées au même instant sur trois mille huit cents de ces infortunés prisonniers, tous sans défense, et ayant l'espérance de la vie, par la grâce qui leur avait été accordée.

Buonaparte, à l'exemple de Néron, regardait de loin à travers un télescope ; et lorsqu'il vit la fumée s'élever, il prononça ces terribles mots : *Cela sent bon, c'est de la poudre* (1).

Le barbare, voyant encore ses hôpitaux encombrés de malades, envoya chercher le docteur Desgenettes, et entra, avec lui, dans une longue conversation sur les dangers de la contagion. Il n'y a, lui dit-il, que la destruction de tous les malades qui puisse arrêter le mal. Ce médecin français, à qui il fit l'atroce proposition de les empoisonner, lui répondit que, « la dignité de sa profession ne lui permettait pas de devenir un assassin. »

Il appela un pharmacien, qui, redoutant sa puissance, consentit à exécuter ses arrêts criminels. D'après ses instructions, il fit mêler une forte dose d'opium dans quelques mets agréables. Les victimes en mangèrent avec avidité. Cinq cent quatre-vingts soldats français périrent.

Voilà le monstre teint du sang des Parisiens en vendémiaire, brûleur de la ville de Pavie, bourreau du duc d'Enghien, coupable de la strangulation de Pichegru, assassin de Kléber, décimeur de la jeunesse française, tyran du peuple, incendiaire des pays conquis, fuyard de

––––––––––––

(1) Ces faits, recueillis en partie dans l'histoire de l'Expédition anglaise d'Egypte, publiée par lord Wilson, m'ont été attestés par des témoins occulaires.

l'armée d'Egypte , d'Espagne, de Moscou et de Waterloo, et traînant aujourd'hui une vie igno- minieuse dans une île déserte, asyle qu'une trop généreuse pitié a accordé à la plus avilissante lâcheté.

Et ce serait cet infâme assassin, ce lâche fu- gitif de la France, que les soldats français rede- manderaient pour leur chef?.... Non, non, ja- mais le soldat français ne servira plus que sous les successeurs de Louis XV, de ce Bourbon qui répondit à celui qui lui offrit le secret de l'ancien feu grégeois dans toute sa pureté, pour faire périr , par un incendie général , la flotte des Anglais , hommes et vaisseaux.... : « Je préfère le traité de Paris à la plus horrible des victoires. Il n'est point de défaites que l'on ne puisse réparer, et il est des crimes que l'on n'ef- face jamais. »

C'est en ces termes honorables et généreux que s'exprimait le vainqueur de Fontenoi. Et quel est l'homme qui ignore que les Bourbons ont toujours été, ou de braves guerriers, ou de sages législateurs ?

Qui peut donc faire des vœux sincères pour le rappel de Buonaparte ? Pas un seul Français.

Buonaparte est hors du monde : ses crimes l'ont tué.

Dans l'ombre qui l'effraie , il erre épouvanté.

Mais il est un membre de sa famille que des ambitieux, qui ne marchent point d'un pas égal avec leurs anciens compagnons d'armes dont le Roi a récompensé les hauts faits militaires, que des hommes dégradés, avilis, monstres nés de l'anarchie, voudraient placer sur le trône des lis.

Cette faction peu nombreuse s'est formée dans les camps. Divisée par la diminution de nos armées, elle a essayé de rentrer dans les cadres de celles qui ont été conservées.

M. le maréchal duc de Feltre connaissait sa force, ses intentions, son mouvement. Sous son ministère, elle n'a pu placer que quelques uns de ses membres dans les troupes recréées pour le service du Roi.

Mais cette faction, hypocritement alliée au parti plus considérable des républicains, a formé une masse formidable dans l'état.

Tant que ces deux partis, secrètement divisés sur le mode de gouvernement, seront réunis de moyens contre la famille régnante, ils conspireront, s'armeront, et troubleront ou inquiéteront l'ordre actuellement existant.

Si la trahison s'emparait encore une fois du trône de France, ces deux partis se sépareraient, la discorde se montrerait dans leurs rangs, et l'anarchie les dévorerait insensiblement l'un et l'autre.

Les républicains, qui portent haine aux rois, s'opposeraient à ce qu'un membre de la famille Buonaparte s'emparât du sceptre de la royauté, qu'ils ont brisé dans la journée du 10 août. Ils se croient les plus forts.

Le président de leur république n'est-il pas désigné depuis nombre d'années? Ce héros des deux mondes, que feu M. le duc de Choiseul appelait, en 1790, *Gilles le premier*, n'a-t-il pas, à leurs yeux, les vertus populaires et la bravoure militaire de son frère Washington? Pendant notre

trop longue révolution, ne s'est-il pas élevé au-
dessus de tous les sarcasmes? A-t-il pâli une seule
fois sous l'ancienne monarchie, à la lecture des
traits satiriques que la muse de la poésie a dé-
cochés de temps à autre contre sa personne, et
n'a-t-il pas eu la générosité de payer de reconnaissance l'auteur qui a fait son portrait:

> Voilà donc ce blondin, ce héros ridicule
> De l'astre de Cromwel pâle et froid crépuscule,
> Intrigant dans la guerre et guerrier dans la paix;
> Qui croit se faire un nom à force de forfaits;
> Prend Marcel pour idole et Favras pour victime;
> Fait honte du succès et fait pitié du crime;
> Arme les assassins, égorge par la loi,
> Veille pour les brigands et dort contre son roi!

Après avoir récité à la barre de l'assemblée
nationale législative ce discours fameux, rédigé par M. Bureau de Puzy, qui accéléra la
chute du trône, n'a-t-il pas émigré de France,
pour prendre du service en Amérique? Et si les
impertinens Prussiens ne l'avaient pas fait prisonnier comme fuyard de l'armée du nord dont
il avait le commandement, n'aurait-il pas
fondé, en 1793, la colonie du Texas? Pendant
sa captivité dans le fort d'Olmutz, n'a-t il pas
écrit à Buonaparte que son cœur battait toujours pour une république; enfin sa vie politique
pendant les cent jours, et ses discours *constans*
à la tribune de la Chambre, ne l'offrent-ils pas
à la nation *indépendante*, comme digne d'être
son chef?

Comme un autre Lafayette, M. Alexandre
Lameth se présente aussi à leurs regards.
N'est-ce pas lui qui, membre de l'Assemblée

(15)

constituante, a le plus fortement coopéré à mettre en lambeaux la couronne de France ?

N'a-t-il pas chargé de calomnies la reine de
France, qui avait comblé sa famille de bienfaits ?
N'a-t-il pas restitué au trésor public, en papier
discrédité, les 60 mille francs que la reine avait
donnés à sa mère, pour l'éducation de ses enfans ?

Ne s'est-il pas refusé à porter un billet de vi-
site chez le suisse de Mirabeau mourant, parce
que ce *converti* l'avait mis au nombre des 33 députés factieux qui poussaient, dans la salle des
Jacobins, des imprécations horribles contre la
famille royale, parce qu'il l'avait signalé comme
le plus fin et le plus dissimulé des membres de
l'assemblée constituante ?

N'a-t-il pas fui de France avec M. Lafayette,
et n'a-t-il pas été enfermé, comme lui, dans le
fort d'Olmutz ?

N'est-il pas le frère d'un Charles qui, à la tête
de 50,000 gens du peuple, a fait le siége du
couvent des Annonciades, pour y chercher le
vertueux M. Barentin, garde-des-sceaux ?

Combien d'autres braves que je pourrais citer,
qui lutteraient d'esprit public et de valeur militaire avec ceux des généraux impérialistes
jaloux de placer sur le trône de France un
membre de la famille Buonaparte, même celui
dont ils compromettent le nom, et qui a eu des
sentimens assez *délicats* pour signer le divorce
impromptu de sa mère, et servir encore sous les
ordres du *répudiant* dont elle avait commencé
l'élévation, et dirigé les premiers pas dans la
carrière politique ?

Cette diversité d'opinions peut bien rendre suspect un parti à l'autre, et affaiblir les moyens d'attaque contre le château ; mais aussi la marche de celui qui attaquera, entraînera celle de celui qui observe ; et au jour du combat, les ennemis communs contre la famille royale n'auront que le même but, celui de renverser le trône.

Il est donc imminent de confondre les deux partis dans des mesures *même extrêmes* , et toujours légales, quand il s'agit de sauver la monarchie.

La *société de la révolution*, corporation honteuse, sanguinaire, formée dans l'année 1789, qui a déclaré la guerre aux chefs des nations, à qui la religion est odieuse et la puissance légitime importune, a reculé devant le cortége des royalistes qui ramenaient le Roi dans la capitale de la France, en 1814 ; mais elle est revenue de sa première frayeur.....

Le Roi a échappé à la mort ; mais pendant ses cent jours d'absence, la société de la révolution a proposé un pacte fédératif aux cinq départemens de la Bretagne, cette terre classique de l'honneur français.

Il a été proposé ce pacte criminel. Par qui ? Par des citoyens de Nantes, Rennes et Vannes, et par des élèves de l'école de droit et de chirurgie des mêmes villes, à leurs concitoyens les Bretons. Il a été adopté ce pacte ; et par qui ? Par ces vieux dévastateurs de notre belle France, qui ont juré de consacrer tous leurs moyens à la propagation des principes libéraux, à répandre les *lumières* au milieu des hommes égarés, et à s'opposer à la rentrée des Bourbons en France. Ce pacte de fédération est signé par des commissaires, et ces commissaires sont Blin, Rouxel-Langotière, Gaillard de Kerbertin, Binet aîné.

A Paris, les révolutionnaires des faubourgs Saint-Antoine et Saint-Marceau font aussi un pacte fédératif, et leurs commissaires le présentent à Buonaparte. Ils disent, dans leur adresse, qu'ils ont reçu les Bourbons avec indifférence et froideur, et qu'ils n'aiment pas les rois imposés par l'ennemi.

Enfin, dans plusieurs provinces, la lie du peuple s'est confédérée, par la suggestion de quelques obscurs ambitieux;

Et on lit, dans tous les préambules de ces actes fédératifs, les expressions qui salissent la protestation des représentans des cent jours.

Le roi légitime a été replacé sur son trône; les propriétaires ont repris leur place dans cette chambre des états-généraux qui ne doit que représenter les intérêts du peuple aux pieds de son souverain.

La raison rappelait insensiblement, dans son vrai chemin, cette souveraineté du peuple, dont le système, vrai dans l'origine de l'ordre social, est faux dans la maturité de ce même ordre.

Elle murait, peu à peu, les repaires nombreux d'où tant de tigres sont sortis pour dévorer tant de milliers de citoyens; elle brisait les chaînes et les poignards dont furent atteintes tant de victimes.

L'armée qui, depuis nombre d'années, avait été l'effroi de l'Europe, était ramenée au principe de sa création, celui de la défense et de la conservation des droits légitimes.

Les temples étaient purifiés; les pontifes chantaient, en paix, nos cantiques sacrés; les fidèles se pressaient autour de la chaire de vérité.

Ils allaient descendre de leurs chaires publiques, ces professeurs, propagateurs de ces doctrines pernicieuses qui ont empoisonné le cœur de la jeunesse.

Mais un homme, monument vivant de bassesse et de déloyauté, s'est traîné jusque sur les marches du trône.

De même que la couronne de France a été brisée sur la tête de Louis XVI depuis l'insurrection impunie du 14 juillet 1789, de même elle est restée chancelante sur celle de Louis XVIII, depuis l'admission de M. Elie de Cazes au conseil des ministres.

Cet homme, sorti de la fange révolutionnaire; initié, dans le temps qu'il était au collége de Vendôme, dans la secte des théophilantropes; républicain forcené, étant clerc d'avoué; impérialiste outré sous le gouvernement de Buonaparte; doublement officieux dans la famille de ce despote absolu; conseiller à la Cour impériale, préfet, puis ministre de police sous le Roi, ce tartufe politique a changé les destinées de la France.

L'ambition a souvent pour escorte le génie de la discorde et de la haine. Elle ne peut pas rester long-temps captive dans une ame ardente.

Ce ministre imberbe devient impudent.

L'opinion publique le cite à son redoutable tribunal, il le décline.

L'insolent ! il ose dire un jour à la tribune :

que l'opinion publique ne doit marcher que derrière lui.

Son caractère se développe, sa pensée le
trahit. Son amour-propre, blessé sous un gouvernement qui ne veut et ne doit être que monarchique, redemande le régime impérial.

Il fera tout ce qu'il pourra pour se maintenir auprès de Louis XVIII, qu'il ne considère, ainsi que ses amis, que comme un *roi
viager*; mais il donnera assistance aux ennemis
de sa dynastie, pour que la révolution ne
perde aucune de ses institutions.

La fameuse ordonnance du 5 septembre
est le premier manifeste d'hostilité qu'il notifie
aux hommes monarchiques.

Qui donc ignore que M. de Cazes a demandé, jusqu'à trois reprises, la dissolution de
la Chambre des députés, dite introuvable, et
que l'ordonnance de dissolution n'a été signée
qu'à onze heures du soir, en l'absence des
autres ministres de S. M. ?

On a su que le duc de Wellington, con-
sulté par le Roi, avait donné le conseil à S. M.
de conserver une Chambre aussi franchement
dévouée à la famille royale, une Chambre qui,
sans aucune opposition, accorda à M. le duc
de Richelieu, président du ministère, six millions de rente, pour les besoins imprévus de
l'état.

Divers faits qu'il n'est pas permis à l'historien
de rendre encore publics, sont, pour les bien
informés, des preuves suffiantes que le Roi
n'a dissous cette Chambre, composée des plus
riches propriétaires de France, qu'aux vives

instances du ministre de Cazes, dont elle commençait à dévoiler les perfides projets.

Pour en imposer au peuple, dont l'indignation augmentait de jour en jour, le jeune Machiavel fit insérer dans le Moniteur une déclaration du Roi, portant que cette ordonnance était sa volonté personnelle ?

Malheureusement peut-être pour l'ordre public, les rois sont supposés ne pas avoir d'opinion sous un régime représentatif ; et l'ordonnance , ainsi que la déclaration du monarque, ne seront jamais considérées que comme les faits personnels du ministre, dès lors en très-haute faveur.

Ces actes annonçaient la toute-puissance de M. de Cazes, et en même temps ils présageaient que l'art du fourbe amenerait de fâcheuses catastrophes dans un état monarchique dont les intérêts ne devaient plus être confiés qu'aux républicains, ou bien aux démocrates-royalistes.

Il flattait et trompait son souverain, ce présomptueux favori. Il savait que, pendant la prison du roi Jean, l'évêque de Laon fit condamner ; par les Etats assemblés , des ministres, pour *avoir flatté le monarque et lui avoir caché la vérité.*

Mais, pour éloigner un pareil sort qui lui est réservé, il employa ses nombreux agens de police, et les deniers publics, à composer une nouvelle Chambre de députés dociles à ses volontés, moins indépendans par leur fortune, et moins clairvoyans sur ses menées occultes.

Il fixa l'attention publique sur un événement qui parut extraordinaire à tout le monde, excepté à moi, qui n'ai pas cessé un instant de connaître et suivre les fils de toutes ses intrigues.

On prévoit déjà que je vais remettre en scène *l'inspiré* Martin, laboureur de la Beauce, amené de son pays à Paris, en mars 1816, déposé dans la maison de Charenton, conduit dans l'hôtel du ministre de la police, et reçu par le Roi dans son cabinet particulier.

Je ferai précéder cependant la narration de ce fait, d'un incident peu connu, mais d'une date plus ancienne.

Antoinette, reine de la France et des cœurs français, sortant de ce tribunal sanguinaire qui la condamna à la peine de mort, fut ramenée dans la chambre de sa prison, de cette chambre qui n'était éclairée que par une croisée avec une ventouse, donnant sur la cour des femmes.

Elle demanda au sieur Beau, concierge par *interim*, du papier et de l'encre. Seule, avec une conscience pure et sans tache, elle écrivit une lettre à l'immortelle madame Elisabeth; elle *pria* son fidèle gardien de lui rendre un dernier et important service, en remettant son testament à sa digne et respectable sœur.

Les gendarmes de service près cette chambre virent donner la lettre, s'en saisirent, et l'apportèrent au cannibale Fouquier-Tinville.

L'auguste mère de S. A. R., duchesse d'Angoulême, coupa, avec les ciseaux que lui prêta l'honnête Beau, deux boucles de ses beaux cheveux, dont l'une était destinée au dauphin bien-aimé, et l'autre à MADAME, sa fille chérie.

Les gendarmes se saisirent de ces gages offerts par l'amour maternel à la piété filiale, et ils eurent encore l'infamie de les remettre au plus féroce des bourreaux révolutionnaires.

Courtois, membre de la Convention, chargé de faire un rapport contre les membres des comités de Salut public et de Sûreté générale, se trouva dépositaire de la lettre adressée à madame Elisabeth, et des boucles de cheveux légués aux enfans du meilleur des pères et de la plus tendre des mères ; il les garda, et les cacha dans le château qu'il occupait en 1816, époque à laquelle il fut banni de France, comme régicide.

Courtois était lié d'amitié avec M. Baren... Il lui écrivit pour engager le ministre de la police à ne pas lui appliquer la loi qui le chassait de son pays natal, et il offrit, en reconnaissance de cette exception, de remettre à la famille royale une pièce de la plus haute importance, des cheveux de la reine, et des papiers.

M. Baren... confia la lettre de Courtois à M. de Cazes ; celui-ci ordonna au préfet du département de mettre promptement à exécution la loi du bannissement contre Courtois, de faire une perquisition dans son domicile, et de se saisir des objets appartenans à la famille royale, dont il fit l'indication.

La perquisition eut lieu. Courtois remit les objets précieux dont on faisait la recherche, et reçut l'ordre de sortir de France dans vingt-quatre heures.

On se rappelle du ton patelin avec lequel

M. de Cazes donna, en communication à la Chambre, l'original de la lettre de la reine.

Si, dans une circonstance aussi grave, les députés et les tribunes n'avaient pas été forcés, par un sentiment bien naturel, et par un devoir impérieux, d'arroser de leurs larmes cet écrit si respectable, ils n'auraient pu se dispenser de couvrir d'un juste mépris l'homme hypocrite dont le jargon pathétique n'annonçait qu'une douleur feinte.

Mais cette lettre, tracée par la main de l'amitié et de la reconnaissance, portait que la reine *pardonnait aux méchans*, et cette expression d'une ame grande et généreuse devait servir de type à M. de Cazes, pour faire reparaître sur la scène politique les assassins d'une partie de la famille royale. Le contentement qu'il éprouvait de pouvoir ramener autour du trône, ou dans les administrations publiques, les *Grégoire*, ses anciens protecteurs, en remplacement de ces royalistes fidèles dont l'ordonnance du 5 septembre proscrivait les services, se confondait avec le devoir rigoureux de paraître sensible aux touchans adieux d'une reine descendant au tombeau, et d'une sœur n'attendant, dans son horrible cachot, que l'heure du martyre. Il rappelait déjà ses assassins, en paraissant pleurer sur la victime.

M. de Cazes répétait à cette époque la sentence de ces publicistes qui professent que l'amnistie doit couvrir les crimes quand les criminels sont en grand nombre. Il avait appris, par l'un de ses agens de police, qu'il existait à Gaillardon, près Chartres, un cultivateur qui se disait *inspiré*, en communication avec des anges, et homme de tête. Il le fit circonvenir par un *Souque*, qui l'entretint du Roi, de M. de Cazes, et de la France. Ce *Souque* parvint à établir une liaison intime entre Martin et l'un de ses amis. Ils lisaient ensemble l'Apocalypse, la Sibylle et Nostradamus. Bientôt il ne fut bruit dans le canton que du nom de Martin, comme connaissant le présent et l'avenir, et ayant le don de prédire. Martin est amené à Paris; et M. de Cazes, qui le voit, s'assure de la bonté de sa tête. Mais comme Martin pourrait être taxé de folie par la suite, il a la prévoyance de le faire déposer dans l'hôtel de Calais, ensuite dans la maison royale de Charenton, de le faire visiter par des médecins, et de faire constater qu'il est sain d'esprit et de corps.

Martin, bien soigné, bien nourri, mis à quelques épreuves de *constance* pendant plus d'un mois, se dit inspiré par l'archange Raphaël, *qui lui a dit avoir reçu le pouvoir de frapper la France de toutes sortes de plaies, et de la maintenir malheureuse jusqu'en 1840; mais que, pour obvier à un si grand malheur, il fallait que le Roi en usât envers son peuple comme un père envers son enfant, quand il mérite d'être châtié; enfin qu'il en punisse un petit nombre des plus coupables, pour intimider les autres.*

Je ne rendrai pas compte ici des VISIONS du paysan Martin, ni de ses conférences particulières avec M. de Cazes, qui lui montra TOUS les papiers pris chez Courtois, avant de le faire introduire dans le cabinet de S. M.; je rappellerai seulement que ce bon-homme est venu dire au Roi : que, *s'il n'obéit pas aux commandemens de l'archange* Raphaël, il *sera fait un grand trou à la couronne, et que cela la mettra tout auprès de sa ruine.*

Je rappellerai encore que M. de Cazes *toléra* l'impression de la relation des événemens dont Ignace Martin publia les détails, dans laquelle on disait que le Roi avait pleuré souvent en l'écoutant ; et que quand S. M. entendit *le récit des particularités que l'archange Raphaël lui avait annoncées de son exil*, les larmes coulèrent sur les joues du monarque, qui lui recommanda *d'en garder le secret, parce qu'il n'y aura que Dieu, vous et moi, qui saurons jamais cela* (1).

Il ne m'appartient pas de méconnaître qu'Ignace Martin a été INSPIRÉ... Mais ce que je sais très bien, c'est que les amis *désintéressés* de M. de Cazes n'ont cessé d'insinuer dans le public qu'il a eu la révélation du secret qui devait rester commun seulement *entre Dieu, le Roi et Martin ;* et que, *sur ces faits incroyables*, ils ont élevé une masse de mensonges grossiers. L'indécence de leurs indiscrétions, ou de leur imposture sur les *particularités de l'exil*, est devenue tellement scandaleuse, que le vaniteux ministre a été obligé de faire saisir la brochure de Martin, *un mois* après sa publicité.

Déjà, dans diverses occasions, j'ai retracé une

---

(1) Les passages en italique, qui se trouvent dans ces trois alinéa, sont extraits de la Relation imprimée des événemens qui sont arrivés à un laboureur de la Beauce.

série d'autres artifices employés par **M. de Cazes**
pour tromper le Roi, et ne donner à la France
qu'une démocratie royale. Cette tâche importante, je l'ai entreprise... J'ai présenté le tableau
hideux de ses trop longs crimes, j'ai rédigé son
acte d'accusation. Les faits contenus dans cet
écrit n'en sont que le supplément.

C'est depuis 1816 que cet insolent enfant
de la révolution a fait consacrer ces opinions populaires qui, depuis tant d'années, ont
formé ce ramas épouvantable d'atrocités, de
profanations et de blasphêmes, dont la France
présente encore l'affreux spectacle.

Il a mis au sort le trône de notre Roi et sa
main de justice... Il a rompu la digue opposée
au débordement de la licence irreligieuse, anti-
sociale... Il a voué aux poignards des factieux les
nobles, les grands propriétaires de la France,
qui se sont présentés dans les assemblées électo-
rales, pour choisir [des hommes d'une cons-
cience pure. Il a déchaîné, payé ces folliculaires ardens, complices de tous les crimes,
impunis sous le règne de l'impiété et de l'a-
narchie. Il a formé ou protégé cette société
européenne de modernes Erostrates, qui veut
anéantir tous les trônes, révolter tous les peuples,
et, par sa doctrine incendiaire, embraser l'univers. Il a profité du sommeil des rois pour
rendre universelle la révolte qui se prépare.

Pendant que ce ministre, infatué d'orgueil, gou-
vernait la France, la guerre civile menaçait le Dau-
phiné, la Franche-Comté et plusieurs de ses provinces. Un crime d'attentat à la personne du Roi,
et à celle de sa famille, lui fut dénoncé. L'assassin

qui devait mettre encore en deuil le peuple français, avait été prevenu d'avoir volé les diamans appartenant à madame la princesse de Wurtemberg, épouse de Jérôme Buonaparte.... Que de motifs puissans pour que M. de Cazes livrât à la justice ce double criminel !

M. Clausel de Coussergues, dans le projet de sa Proposition d'accusation contre M. de Cazes, n'a parlé que très succinctement de la participation de M. de Maubreuil à la conspiration Pleigner, et à celle de Didier qui n'en a été que la suite.

Je rendrai un compte détaillé de cette affaire, dont on s'occupa si long-temps dans tous les salons.

La pièce authentique, où je puise mes premiers renseignemens, est la copie d'une plainte faite par un homme d'honneur, ancien chef de l'armée catholique et chevalier de St.-Louis, à la date du 24 juin 1817, déposée le 25 dans les mains de M. le marquis de Messé, prévôt de Paris, et remise par ce digne militaire à M. Jacquinot-Pampelune, procureur du Roi, *qui en a accusé réception.* En voici un extrait :

« Comme l'un des chefs de l'armée vendéenne, comme Français, et surtout comme sujet loyal, je dois dénoncer à la justice tous les complots ourdis contre la sûreté de l'état, du Roi et de la dynastie, qui sont ou qui viennent à ma connaissance. Je le dois, d'autant plus que les faits que je vais raconter semblent se rattacher à *cette affreuse conspiration des patriotes de 1816,* qui, tramée sur une grande partie du territoire de la France, a éclaté à Grenoble, au mois de mai de la même année.

« C'est à la justice *indépendante* que je m'adresse, puisque je ne *puis douter* que le complot n'ait été déjà *connu*, sans que *l'auteur*, ou l'un des auteurs présumés, ait été mis en jugement.

« Fier de cette impunité, cet homme audacieux brave l'autorité, et même la justice jusque dans son sanctuaire. Il effraie, par son impudence, les amis du trône, quand on compare les événemens avec les menaces, les écrits et les actions des agitateurs...

« Voici les faits. Vers le 11 novembre 1815, un homme, prenant le nom d'*Armand Durand*, et se disant, tantôt marchand en gros et en épiceries, tantôt marchand de bœufs et d'avoine, tantôt négociant en vins, logea chez un nommé *Jean Lecomte*, tenant l'auberge du Grand-Cerf hors la barrière du Roule. Il y revint plusieurs fois; il n'y restait qu'un jour ou deux, et rentrait dans Paris; quelquefois il y couchait : mais, dans ce cas, le cheval restait toujours à l'auberge.

« Une sorte d'intimité s'établit ; *Armand Durand* eut même une telle confiance dans Jean Lecomte, qu'il le chargea de porter à Paris, à un sieur Fave...., rue des Saints-Pères, une somme en or, qu'il disait être de 30 à 32,000 francs. Cet or était cousu dans une serviette ; la commission fut exactement faite, et l'aubergiste obtint un reçu du paquet qu'il avait porté, et le reçu fut remis à Armand Durand.

« Dans le courant de février 1816, ce prétendu *Armand Durand* vint de nouveau loger dans cette auberge; il voulait dîner avec l'aubergiste. Il chercha à sonder Jean Lecomte, en lui demandant s'il savait qui il était réellement ? Jean Lecomte lui répondit qu'à ses manières on pouvait croire qu'il était un honnête homme de l'ancien régime. — Vous saurez plus tard qui je suis, reprit Armand Durand; et il partit. Il revint quatre jours après. Cette fois il était en cariole; il voulut encore dîner en tête-à-tête avec l'aubergiste Jean Lecomte, et sa confidence fut alors plus intime.

« Lecomte, lui dit-il, si vous voulez me servir, vous ne serez pas long-temps aubergiste; je vous donnerai une bonne place : mais il faut que vous gardiez le secret, même avec votre femme. Je suis un agent de Napoléon; et pour ne vous rien cacher, je suis un de ses premiers généraux. Nous voulons renverser les Bourbons, qui ne tiennent pas beaucoup (1), et qui ne sont, dans le fait, que des usurpateurs; le Roi n'est qu'un hypocrite. Il tint encore plusieurs propos de ce genre.

« L'aubergiste Jean Lecomte ne dut pas s'y méprendre. Armand Durand n'était pas seulement un de ces mécontens qui exhalent en parole leur mauvaise humeur et leur bile; c'était à coup sûr un artisan de machinations contre l'état, le Roi et sa famille. Mais Jean Lecomte se garda bien de témoigner l'indignation dont il était saisi. Il laissa partir Armand Durand, qui promit de revenir dans huit à dix jours; et mettant à profit le temps que cette absence lui donnait, Jean Lecomte vint à Paris trouver son frère Louis Lecomte, logé rue Tire-Chappe.

« Ce Louis Lecomte est un vendéen qui a

____

(1) Mêmes expressions dans la lettre de Mme. Regnault de St.-Jean-d'Angély , à son mari.

servi long-temps sous mes ordres ; effrayé de la révélation que son frère venait de lui faire, il s'empressa de me la communiquer.

« Je compris combien il devenait important de transmettre cet avis à quelqu'un qui, par sa place et la nature de ses fonctions, fût en état d'arrêter l'effet de cette manœuvre ; et par l'intermédiaire de M. de N...., maréchal des logis.... (les noms et qualités sont écrits), mon beau-frère , je présentai Louis Lecomte à M. Rivoire, secrétaire de M. le comte de la Tourette, colonel d'état-major de la garde royale, chargé d'une partie de la police militaire, qui, sans vouloir paraître négliger l'avis qu'on lui donnait, ne voulait y ajouter foi, qu'autant que lui ou le sieur Rivoire serait témoin de ce que disait *Armand Durand*, ou qu'on lui fournirait des preuves positives de l'existence d'une conspiration. Ce nom d'*Armand Durand* lui paraissait représenter un homme de si peu d'importance, qu'il lui semblait ridicule de le considérer comme dangereux.

« Il fut donc convenu qu'on ne ferait rien jusqu'à ce qu'on eût obtenu des renseignemens plus certains, ou même des preuves.

« L'absence d'Armand Durand fut beaucoup plus longue qu'il ne l'avait annoncé ; il ne reparut que le 25 avril 1816, entre les onze heures du soir et minuit. On va voir plus bas quel motif avait prolongé son voyage. Il assura *que les affaires allaient bien*, qu'il rentrait dans Paris ; mais qu'il reviendrait le lendemain dîner à part avec Jean Lecomte.

« Celui-ci s'empressa d'avertir son frère Louis

Lecomte, qui, étant allé trouver le sieur Rivoire, le présenta à M. le comte de la Tourette.

« Alors il fut convenu que le sieur Rivoire et Louis Lecomte emploieraient tous les moyens pour être présens à l'entretien qui pourrait avoir lieu entre Jean Lecomte et Armand Durand.

« En effet, le sieur Rivoire et Louis Lecomte se rendirent chez Jean Lecomte, aubergiste : ils ne trouvèrent que la femme de ce dernier, avec laquelle ils concertèrent leurs mesures. Sur le midi, cette femme vint les prévenir qu'*Armand Durand* arrivait, et elle les fit monter dans la chambre à coucher où elle les enferma, et dont elle retira la clé. Cette chambre n'était séparée de la pièce où l'on devait dîner, que par une porte vitrée ; et en soulevant le rideau placé du côté de la porte qui donnait dans cette chambre à coucher, on voyait distinctement la table, et l'on pouvait reconnaître et même entendre les personnes présentes. C'est là que les témoins attendirent le moment de dîner.

« Les deux convives ne tardèrent point à paraître ; *Armand Durand* et Jean Lecomte se mirent à table. D'abord on parla peu, et on ne s'occupa que de choses indifférentes. Mais le dîner tirant sur sa fin, Durand se leva, visita la chambre, ferma la porte d'entrée ; et quand il crut n'être entendu que de son interlocuteur, il se remit à table, et entama la conversation à-peu-près en ces termes :

« Le comte, vous savez ce que nous avons envie de faire, et nous sommes sûrs de réussir. Le Roi n'est point aimé ; il n'est qu'un hypocrite qui n'a pas soin de son peuple (affreuse calomnie !) Nous avons pour nous tous les gens riches qui font des sacrifices, pour des sommes considérables ; nous avons pour nous *plus de la moitié des autorités et gens en place* ; nous en avons dans le ministère de la guerre, dans les finances, *dans la police*, et même dans la maison du Roi, en qui nous n'avons pas de confiance ; mais nous nous en servons, vu la circonstance. Si j'avais fait serment au Roi comme je l'ai fait à Napoléon, je lui serais fidèle. Nous avons dans Paris *six à sept mille fédérés* prêts à prendre les armes, *qui veulent assassiner le Roi* et la famille royale ; mais moi, ma mission est de les prendre et de les conduire sur les bords de la Loire ; et là, il sera désigné un endroit pour les mettre. Croyez-moi, Lecomte, le parti du Roi n'est pas fort ; et pour vous prouver que les autorités supérieures sont à nous, c'est que dans ce moment le général Grouchy et Lefebvre - Desnouettes sont chez le préfet du Mans. Nous ferons un voyage, nous prendrons chacun une voiture, et vous passerez pour mon domestique ; nous irons chercher chez le préfet une dame *qui y est cachée*, et qui est belle comme le soleil. Tenez, voilà son portrait.

« Ici, *Armand Durand* tira de sa poche un médaillon, le montra à l'aubergiste, qui trouva la peinture superbe ; mais l'éloignement où se trouvaient les deux témoins les empêcha de pouvoir la distinguer.

« Le portrait remis dans la poche d'*Armand Durand*, celui-ci ajouta encore à l'aubergiste: Si vous alliez me tromper ou me trahir, je vous brûlerais la cervelle; il y va de votre fortune et de votre vie.

« Lecomte lui demanda si le voyage serait long. Jusqu'à Angers, répondit-il. Lecomte voulut lui verser à boire; il refusa en disant : Il ne faut pas se livrer à la boisson ; vous-même, vous buvez trop ; attendez que l'affaire soit finie, et vous aurez lieu de vous divertir.

« La conversation finit là; ils se levèrent de table, et se retirèrent. Un moment après la femme de Jean Lecomte ouvrit la porte de la chambre, où étaient enfermés le sieur Rivoire et Louis Lecomte; ceux-ci s'empressèrent de partir, sans être vus par aucun domestique de la maison; ils rentrèrent dans Paris, l'un par la barrière du Roule, et l'autre par celle de l'Etoile.

« M. le comte de la Tourette dut être immédiatement informé par Rivoire, son secrétaire, de ce qui venait de se passer.

« Que devinrent, le même jour et après le dîner, Jean Lecomte et Armand Durand?Celui-ci prit un cabriolet chez la sœur de la femme Lecomte, qui par état en fournità loyer, et il se fit conduire à Boulogne, où il s'arrêta; il renvoya ensuite ce cabriolet à Jean Lecomte, pour qu'il vînt le rejoindre à Boulogne. Jean Lecomte s'y rendit en effet, mais n'y rencontra plus *Armand Durand*. Il descendit jusqu'au pont de Saint-Cloud, puis revint à Boulogne, où enfin il le trouva.

« Après quelques reproches de n'avoir pas attendu patiemment, il le chargea de porter une lettre au sieur Lejeune, huissier domicilié en ce village de Boulogne. Lecomte s'acquitta de la commission. Lejeune ne prit point sa lettre, mais dit au messager de la rendre à sa femme qui ferait la réponse; celle-ci la fit de vive voix, en déclarant qu'elle n'avait pas des *nouvelles de ces messieurs de Versailles.*

« Lecomte rapporta fidèlement ce qu'il avait entendu, et alors Armand Durand ordonna au cocher du cabriolet de monter la côte, à vide.

« Armand Durand suivait avec Jean Lecomte. Quand ils furent proches d'un tas de fagots, il dit à Jean Lecomte de soulever un de ces fagots qu'il indiqua, et d'y prendre un paquet de papiers qui y était caché; *Armand Durand* s'en empara, on remonta en voiture, et on revint à l'auberge de Jean Lecomte.

« On en repartit bientôt à pied pour se diriger vers Paris; arrivés à la place Beauveau, ils montèrent dans un fiacre portant le n.° 888, à caisse blanche, et *Armand Durand* dit au cocher de les conduire rue des Saints-Pères, chez le sieur Faver....

« Pendant la route, il avait laissé dans les mains de Jean Lecomte le paquet de papier qu'il avait pris, par son ordre, dans les fagots, et lui dit qu'ils étaient d'une grande importance; qu'ils avaient été enlevés avec beaucoup de peine d'un *ministère*, et qu'il avait fallu donner dix mille francs en billets de banque, à un secrétaire.

« Jean Lecomte, croyant tenir la preuve du crime d'Armand Durand, avisa aux moyens de s'échapper. Le mouvement qu'il fit ne fut pas assez déterminé pour qu'Armand Durand fût certain de sa pensée; néanmoins, tirant un pis-

tolet, et le faisant voir à Lecomte, il lui répéta
que, sur le moindre soupçon, il lui brûlerait
la cervelle.

« Arrivé chez Faver..., *Armand Durand* y
fit entrer d'abord Jean Lecomte, prit le paquet
de papiers, et laissa Jean Lecomte dans la cuisine
où se trouvait une domestique espagnole. Après
trois quarts d'heure, il vint reprendre Jean
Lecomte, et donna une pièce d'or de quarante
francs à cette domestique.

« On remonta dans le même fiacre, et on
arrêta rue de Lully, n.° 1. Jean Lecomte fut
chargé d'aller porter une lettre à la personne
qui habite ce logement; mais il était minuit,
et la domestique de la maison ayant déclaré
qu'elle ne voulait point éveiller son maître, la
lettre fut rapportée à *Armand Durand* qui
attendait dans la voiture. On reprit le chemin
de la barrière du Roule; là, on quitta le fiacre,
et *Armand Durand* remit trente-six francs au
cocher, et vint coucher à l'auberge de Lecomte.

« Il avait dit en route à ce dernier que le
coup que l'on préparait éclaterait le 4 mai.
(On sait que ce jour avait été fixé pour l'attaque
de Grenoble.)

« Le lendemain, il partit dès la pointe du
jour.

« Tous ces détails furent exactement transmis
par Louis Lecomte au sieur Rivoire, et à
M. le comte de la Tourette.

« *Armand Durand* resta huit à dix jours,
sans qu'on entendît parler de lui.

« Que faisait-il? que machinait-il?

« Jean Lecomte, guidé par les conseils de son

frère, se rendit chez le sieur Faver..., rue des Saints-Pères, pour avoir des nouvelles de son hôte.

«Le sieur Faver... le reçut très bien, le fit dé-jeûner, et lui avoua qu'ayant été effrayé par les arrestations qui avaient eu lieu (à cause de la conspiration Pleigner), il avait envoyé, dans une maison près du Luxembourg, les papiers, les fusils et les munitions qu'*Armand Durand* avait déposés chez lui; il ajouta qu'Armand reviendrait sous vingt-quatre heures.

« En effet, le lendemain *Durand* revint chez l'aubergiste, à qui il annonça que le coup était manqué pour le 4 mai, et qu'il était remis à deux mois.

« En descendant dans la cuisine, Armand Durand trouva Louis Lecomte, et s'informa qui il était; et les deux frères et lui se dirigèrent vers Paris, où l'on se sépara.

« Louis Lecomte alla prévenir M. de la Tourette, et Jean Lecomte laissa Armand Durand à la porte Saint-Honoré.

« Le lendemain, Jean Lecomte retrouva Armand Durand chez le sieur Faver... Ils prirent un fiacre qui les conduisit à la barrière, ensuite un cabriolet qui les mena à Saint-Cloud, et de Saint-Cloud à Versailles. Ils allèrent ensuite à pied jusqu'à Vaucresson, où Armand Durand se logea dans une grande maison occupée par un nommé Remi.

« Ils eurent encore quelques autres entrevues, et chaque fois M. le comte de la Tourette était informé de ce qui s'y disait et de ce qui s'y passait.

« M. le comte de la Tourette engageait les Lecomte à continuer leur surveillance et leurs soins, ajoutant qu'il répondait de tout, *puisque la police était prévenue.*

« Ici se place un fait particulier : c'est que la femme de Jean Lecomte ayant été chargée par Armand Durand de porter une lettre à Paris, et de la mettre à la poste, cette lettre fut, par l'intermédiaire de Louis Lecomte, remise à M. le comte de la Tourette, qui, après en avoir pris copie, la recacheta et la fit mettre à la poste. Elle était adressée à M. de Brosse, rue Neuve et hôtel....

« Le 21 mai suivant, Jean Lecomte se rendit à Vaucresson. Il trouva avec Durand un jeune homme qui se faisait appeler Frédéric. L'instruction fera connaître son vrai nom, mais on peut annoncer d'avance que ce sera M. de Brosse.

« Armand Durand ayant annoncé qu'on allait partir, Jean Lecomte prit un passeport que le maire de Neuilly lui délivra le 23 mai, et le départ fut fixé au vendredi 24, puis remis au 25.

« Comme ce jour là même Jean Lecomte avait couché à Vaucresson, il trouva Durand qui l'emmena à Versailles, où il lui déclara que des affaires urgentes l'y retenaient, et qu'il fallait que lui Jean Lecomte partît seul. Il paya sa voiture jusqu'à Chartres, et lui donna cent francs. Sa destination était pour la Ferté-Bernard ; il était chargé de cinq lettres, l'une pour le maire de cette commune, la seconde pour la fille Rosalie, domestique de l'auberge du Chapeau Rouge ; les trois autres étaient adressées à des personnes dont Jean Lecomte n'a pu retenir les noms. Le maire devait faire parvenir ces trois lettres, dans le cas où la fille Rosalie ne se serait pas trouvée à la Ferté.

« De plus, Jean Lecomte devait amener à Paris une grande dame qu'Armand Durand déclara être une princesse ; il devait engager Rosalie à s'attacher à son service. On n'attendait qu'elle à Vaucresson, pour opérer le rasssemblement.

« Jean Lecomte, qui se considérait comme étant sous la protection de l'autorité, arriva sur les huit heures du soir à la Ferté-Bernard, descendit à l'auberge du Chapeau-Rouge, soupa à table d'hôte, et demanda ensuite à être conduit dans sa chambre. Ce fut la fille Rosalie qui l'y mena.

« Quand il fut seul avec elle, il lui annonça qu'il avait une lettre à lui remettre de la part d'Armand Durand. Eh ! mon Dieu, s'écria cette fille, je le croyais fusillé ! Il l'engagea à la conduire le lendemain aux adresses indiquées sur les lettres qui lui restaient à rendre, et cela fut ainsi convenu.

« Jean Lecomte se coucha. Un quart-d'heure après, le maire, escorté de gardes nationaux, vint entourer son lit ; on se saisit de son porte feuille, on examina son passe-port et les adresses des lettres dont il était porteur. Le maire ayant trouvé celle qui était pour lui, prit Lecomte à part dans la chambre même, et lui dit à voix basse : « Si vous étiez descendu chez moi en arrivant, tout cela ne se serait pas passé ainsi ; maintenant, il faut bien que je rédige mon procès-verbal. » Après quoi Jean Lecomte fut envoyé au Mans, et jeté dans une prison. Il y a quelques raisons de croire qu'on a voulu l'empoisonner dans un plat de trippes qui lui fut servi.

« Cependant Louis Lecomte, la femme de Jean Lecomte, et Armand Durand, étaient dans une grande inquiétude de ne pas voir revenir Jean Lecomte.

« Armand Durand envoyait tous les jours à Versailles, chez la mère de Jean Lecomte, pour avoir de ses nouvelles; il se rendit même chez la femme Lecomte, et dit qu'il donnerait bien volontiers dix mille francs pour qu'il arrivât.

« Jean Lecomte fut transféré du Mans à la préfecture de police, à Paris, et ce fut là qu'il vit et apprit que le conspirateur Armand Durand qui y fut amené sous ses yeux, et qu'il avait si souvent signalé et dénoncé, était *Maubreuil*.

« Son arrestation avait eu lieu à Vaucresson, le 11 juin 1816, par le ministère de l'officier de paix Galleton, d'après les renseignemens fournis par la femme de Jean Lecomte.

« Cet officier de paix a dû constater par un procès-verbal comment cette arrestation fut effectuée, et les documens qui l'accompagnèrent.

« Un de ces documens est surtout qu'Armand Durand était fréquemment visité par le nommé Frédéric ou Hippolyte, qui n'est autre que M. de Brosse, et que, quand les princes chassaient à St.-Cloud, Maubreuil les suivait à la piste.

« Cependant Jean Lecomte n'en resta pas moins détenu, pendant environ deux mois.

« De tous les faits qui composent ce récit, la

détention prolongée de Jean Lecomte est ce qui doit le plus surprendre, surtout si on se rappelle que son frère Louis informait M. le comte de la Tourette de tout ce qui se faisait, et que cet officier supérieur avait promis d'en *instruire la police*. Ce dernier expliquera sans doute cette énigme.

« M. le comte de la Tourette invitait (le plaignant), par sa lettre confidentielle du 27 mars 1816, *de s'unir à lui pour découvrir les trames ourdies contre la sûreté du Roi*.

« J'ai dit, et je le répète, que le complot que Maubreuil, sous le nom de Durand, avait médité, se rattachait à la fameuse conspiration des patriotes de 1816; et pour preuve, j'ajoute ici un autre fait que je dénonce également.

« Dans l'intervalle des premières apparitions de Maubreuil chez Jean Lecomte, et pendant l'une des absences que l'on a remarquées, cet homme fut arrêté le 25 avril, à Comeré, département de la Sarthe, comme prévenu de conspiration; ses papiers furent saisis, il fut mis sous la garde d'un officier de gendarmerie du Mans nommé Noirot, et envoyé à Paris; mais il parvint à s'évader et même à soustraire les papiers saisis. Les procès-verbaux d'arrestation et d'évasion doivent constater si, comme on l'a répandu, Maubreuil était muni de proclamations et de cartes des patriotes de 1816.

Il est présumable que ces papiers faisaient partie de ceux que Maubreuil avait cachés sous des fagots, et que Jean Lecomte en retira par son ordre.

« Tous ces faits sont connus à Paris de la

police civile et militaire; ils le sont aussi de
M. le comte de Riccé, préfet du département
de l'Orne, et de M. Charles, colonel de la qua-
trième légion de gendarmerie, commandant les
brigades de la Mayenne, de la Sarthe, de l'Orne
et d'Eure-et-Loire, où la conspiration a eu son
foyer, et où il passait pour certain que Lefebvre-
Desnouettes et Grouchy se tenaient cachés.

« Instruit par les journaux que Maubreuil allait enfin être mis en jugement, je me suis
rendu à Paris; et quelle a été ma surprise quand
j'ai reconnu qu'il n'était traduit qu'à la chambre
de police correctionnelle, au sujet du vol de
diamans de la princesse de Wurtemberg, au lieu
de l'être à la cour d'assises pour faits de conspiration, de complots et de machinations contre
l'état, le Roi et sa famille, quand je n'ai vu que
des difficultés de forme, des déclamations bien
coupables, des propos bien séditieux exhalés
par la bouche même de Maubreuil en pleine
audience.

« De cet exposé, il résulte, etc. »

M. Clausel de Coussergues a imprimé, page
17 de son ouvrage: la pièce intitulée : *Organisation secrète des patriotes de* 1816 (Produite
au procès de Pleigner.)

On lit dans cette pièce : — « Soyez sans inquiétude sur le succès, frères ; toutes les mesures sont prises; elles sont infaillibles. Nos
frères invisibles, impénétrables, balancent et
dirigent tous les pouvoirs. Ne les voyez-vous pas
encore occuper toutes les premières dignités, et,
par sous-main, assister tous nos frères, et seconder tous nos travaux ?... Vos frères vous pro-

tégeront jusqu'au fond de vos cachots; ils y trouveront un appui dans ceux mêmes qui, *pour la forme et les apparences,* sont quelquefois obligés de *les y mettre.*

La preuve que M. le duc de Cazes a eu la connaissance des trames ourdies à Vaucresson, par Maubreuil, sort évidemment de la lettre qu'il a adressée le 24 juin 1816 à M. le comte de la Tourette, dans laquelle il l'informe que l'on a arrêté dans le département de la Sarthe, vers la fin du mois précédent, un nommé *Jean Lecomte,* qui était chargé d'une mission particulière par le sieur Maubreuil; que ce dernier, si connu depuis 1814, avait été arrêté lui-même au mois d'avril, dans ce département, comme chef d'une *très-coupable intrigue ;* qu'il avait rallié autour de lui, dans l'Anjou et les pays voisins, quelques anciens révolutionnaires *qu'il dirigeait sur Paris, dans le but de faire coopérer à un coup de main contre le gouvernement.*

Que doit-on penser de la conduite de M. le duc de Cazes ? Il livre aux tribunaux Maubreuil, comme coupable du vol des diamans de la princesse Wurtemberg, et dont le *délit* ne doit être puni que correctionnellement, et il n'envoie pas à la justice le plus léger renseignement sur les conspirations dont Maubreuil était le fauteur ou le complice, contre le Roi, la famille royale, et contre le coup de main dont était menacé le gouvernement !

N'est-ce pas aussi par son influence que M. le procureur du Roi, qui a reçu, le 25 juin, la plainte dont il vient d'être fait extrait, n'y a donné depuis trois ans aucune suite ?

Craignait-il que la présence de Maubreuil, lors des débats dans l'affaire des patriotes de 1816, ne provoquât quelques explications, ou nécessitât des renseignemens qui auraient compromis ses intentions secrètes, son caractère public?

A-t-il informé contre la présence de cette princesse, secrètement cachée chez le préfet du Mans, et que l'on attendait à Vaucresson, pour commencer le coup de main contre le gouvernement?

Le maire de la Ferté-Bernard; Rosalie, fille d'auberge; Lejeune, huissier; Remy, l'un des frotteurs du château de St.-Cloud; de Brosse (1), le sieur Faver...., ont-ils été inquiétés?

Il s'agissait cependant d'un grand plan de conspiration, puisque Maubreuil dirigeait les révolutionnaires de plusieurs départemens sur Paris, pour un coup de main contre le gouvernement?

M. d'Argout, l'un des pairs de France de la dernière fournée, qui vient de se faire le plastron de M. de Cazes, dans l'attaque que lui a portée M. de Coussergues, nous dit niaisement que M. de Cazes n'était pas un tribunal, et que le tribunal seul devait poursuivre Maubreuil.

Ce pauvre défenseur de M. de Cazes ne sait-il pas que, d'après l'art. 8 du Code d'instruction criminelle, le ministre de police recherche, con-

---

(1) M. de Brosse serait-il né à Libourne? aurait-il été colonel des partisans de la Gironde, l'un des chefs de la police secrète de M. de Cazes, envoyé par ce ministre à Lyon sous une fausse qualité, pendant que le général Canuel y commandait? Si c'est ce même M. de Brosse, il était donc en même temps l'ami de M. de Maubreuil et celui de M. de Cazes?... C'est un grand révélateur que le temps qui court!

jointement ou séparément, les délits et les crimes, pour en livrer les auteurs aux tribunaux,
et que c'est parce qu'il a gardé dans ses cartons
les preuves ou indices des crimes imputés à
Maubreuil, que les tribunaux n'ont pu instruire?

Cette inhumation du corps du délit, dans le
ministère de la police, non seulement est un crime, mais elle démontre encore que M. de Cazes
a laissé agir tous les conspirateurs contre la famille régnante; et si les faits particuliers qui sor-
tent de cette plainte ne corroboraient pas cette
vérité, le défaut d'opposition, de précaution
à l'assassinat du duc de Berri, dénoncé à M. de
Cazes par de M. Greffulh, deux jours avant son
exécution, et dèslors prémédité, ne suffisait-il
pas pour tenir suspendu le glaive de la justice
sur la tête de cet homme, maudit par la France
entière?

Comment expliquer la longue détention, dans
les cachots de la préfecture de police, de ce Jean
Lecomte, dénonciateur auprès de M. le comte
de la Tourette, et connu comme tel par M. de
Cazes, à qui ce militaire avait fait passer ses révélations? M. de Cazes a-t-il voulu ôter la liberté à
un citoyen qui pouvait empêcher l'exécution des
affreux projets conçus par Maubreuil? Et l'arrestation tardive de Maubreuil, détenu au secret,
n'avait-elle pas pour cause la crainte de quelques
dénonciations dont M. de Cazes craignait la publicité?

Maubreuil n'a jamais caché la haine qu'il portait aux Bourbons; et, à l'audience du 22 avril
1817, n'a-t-il pas déclaré publiquement qu'il
était fidèle, au fond du cœur, à Buonaparte et

à sa famille, et que s'il a été le premier à arborer la cocarde blanche et à déployer le drapeau blanc, à attacher sa croix d'honneur à la queue de son cheval, c'était pour se faire donner une mission importante qui le mît à portée de servir Buonaparte; qu'il veut travailler à lui faire recouvrer son trône et à en expulser les Bourbons?

Maubreuil s'est échappé des prisons de Douay.... Que l'on demande à certain espion de police, s'il a coopéré à l'évasion?

Maubreuil est à Londres.... Ne va-t-il pas souvent, le soir, chez M. de Cazes, ambassadeur de la cour de France?.. »

Enfin, M. d'Argout, dont la plume indiscrète vient de faire ressortir la gravité des accusations portées contre M. de Cazes, au lieu de les affaiblir, de les atténuer, voudra t-il bien nous citer une seule action de son grand protecteur, *tendante* à défendre le trône contre les conspirateurs?....

Quant à moi, je le maintiens courbé, pour la vie, sous le poids des conspirations qu'il a faites ou laissé faire contre nos princes légitimes.

Mais il ne suffisait pas à M. de Cazes de faire, ou *tolérer* les trames ourdies contre le Roi et sa famille : il fallait encore qu'il bouleversât l'état et l'Europe.

La *société de la révolution*, dont il fait partie, a poursuivi son plan de conspiration civile, et a formé celui d'une conspiration militaire.

L'impiété, relevée de sa chute, est devenue furieuse; et les ministres du Roi ont paru tellement effrayés de ses excès, que, pour les calmer, ils ont eu la faiblesse de s'opposer à ce que la religion fût placée dans le cœur de nos lois.

Cette faiblesse, sortie du ministère de la justice, s'est communiquée au ministère de la police.

Si M. de Serres a déshonoré le ministère de la justice, en se refusant opiniâtrement à ce que les lois fussent mises sous la protection de la religion, et à permettre qu'un cynique censeur d'une conduite aussi étrange lui dît en face, quand il présidait la Cour de cassation, que les lois étaient athées, M. de Cazes n'a pas rougi de payer 300 fr. à l'un de ses écrivains, pour qu'il fît un libelle contre les missionnaires, et se dégradât au point de signer, d'un faux nom (Dupuis), une production littéraire, digne d'être lacérée par le bourreau.

Quoi qu'en dise M. d'Argout, son bénigne et mal adroit écrivain, M. de Cazes et M. Mirbel ont envoyé au journal le *Censeur Européen*, des manuscrits écrits de la main de l'un d'eux, contre les apôtres de la religion, tellement impies et irreligieux, que les tribunaux les ont condamnés à la plus affreuse ignominie.

Ces manuscrits ont été saisis par un commissaire de police, et ils sont avoués, dans des conclusions judiciaires signées par MM. Comte et Dunoyer.

L'usurpation a été replacée à l'un des postes près le palais de nos rois, et elle tient les clefs des grilles et des appartemens du château pour les ouvrir à ses soldats, quand ils auront marqué le jour qui leur convient, pour massacrer le Roi et les princes, et proscrire pour la troisième fois la légitimité.

Un journal, dit le *Courrier français*, est chargé de briser les liens qui attachent, par la religion, les sujets aux princes; et pour que l'on accoutume le peuple à ne jurer que par la Charte, il enlace dans une feuille d'immortelles ces seuls mots, *vive la Charte!*

La Minerve, *la Renommée*, *le Constitutionnel*, répètent à l'envi qu'il ne faut qu'une Charte; et s'il leur arrive de prononcer une ou deux fois le titre de roi, ils s'empressent d'y joindre le mot *constitutionnel*.

Ainsi *vive la Charte* toujours, et *le roi constitutionnel* quelquefois.

L'expression, *légitime*, est bannie de leur langue révolutionnaire, et dans leur politique elle est condamnable.

Des constitutions, rien que des constitutions, voici les mots que les Caïns ont sur le bord des lèvres, pour se défaire, un jour, de leurs frères Abels naturellement ligués pour la défense de la légitimité.

Et des constitutions ne sont pourtant, comme le dit le *Courrier anglais*, qu'un papier de plus dans les archives, quand elles ne sont pas vieilles comme un chêne d'Albion !

Louis XVIII, cédant à un sénat avili sous le règne de Buonaparte, a octroyé une Charte à son peuple.

Par l'un de ses articles fondamentaux, les élections ne devaient être faites que par les grands et les petits propriétaires.

M. de Cazes a pensé qu'il y avait plus de démo-

crates dans les patentables que dans les proprié·
taires; et pour que le peuple se détachât des idées
qui attachent à la propriété, il a étendu largement
au profit des industrieux, le texte formel de cet
article de la Charte, qui, dans l'entente du lé-
gislateur et dans l'intérêt de l'ordre public,
n'était relatif qu'aux propriétaires. Il a donc employé l'argent du trésor public à former une
classe considérable de marchands, pour élire.

La *société de la révolution*, autrement dit
le grand comité-libéral, a levé aussi, à ses frais,
une armée de prolétaires, pour en faire des électeurs ; et tout-à-coup on n'a vu, dans les colléges
électoraux, que des garçons de boutique, des fré-
lons de société, se parer du titre de marchands,
et surpasser, par le grand nombre de leurs votes,
uns et *mêmes*, les votes des propriétaires.

Ce grand trou, comme dit l'*inspiré* Martin,
fait à la propriété, et par contre-coup à la légitimité, doit mettre la couronne auprès de sa
ruine.

Ce moyen oblique pouvait bien rendre encore douteux le triomphe que M. de Cazes et
ses libéraux se promettaient, lors de la lutte
des élections.

Le ministre impudent, pour avoir un succès
assuré, indiqua publiquement des royalistes,
comme regrettant jusqu'aux abus de l'ancien
régime, et d'autres royalistes, comme obligés,
à raison de leur conduite antécédente, à marcher dans le sens de la révolution.

Cette division d'hommes monarchiques en
deux classes amenait forcément la division de
leurs votes.

Les hommes de bien ne se haïssent pas; si quelques nuances d'opinions, sur les moyens les plus convenables à la restauration ou à la consolidation de la monarchie, les divisent un instant, leur esprit comme leur cœur se rapproche au moment d'agir pour l'intérêt commun. Des sacrifices mutuels se font, et le vœu de s'opposer à l'ennemi est bientôt formé.

M. de Cazes avait prévu cette union de sentimens; mais pour qu'elle ne tournât pas au préjudice de ses vues, il eut recours à un expédient tellement odieux, que Machiavel lui-même ne l'aurait pas employé. Il fit proclamer, par ses présidens de colléges électoraux, par ses préfets, ses nombreux agens en mission, que le Roi n'avait dissous la Chambre de 1815 que parce que la majorité des députés repoussait toute innovation dans l'état, et qu'il n'admettrait, dans la Chambre nouvelle, que des députés ayant donné des gages à la révolution.

Au nom sacré du Roi, des électeurs crurent pouvoir déposer dans l'urne autres votes que ceux de leur conscience.

Les Chambres ont été, dès-lors, ouvertes aux fondateurs de la révolution, aux jureurs de haine aux rois, aux blasphémateurs contre la religion; et le peu d'hommes connus par des principes immuables, conservateurs des monarchies, réunis aux membres *revenus* de la Chambre introuvable, n'ont plus formé qu'une faible majorité, et plus souvent une forte minorité.

M. de Cazes; justement appelé le grand électeur de France, l'a révolutionnée avec une impudence sans exemple; et, toujours associé

4

au comité libéral, il a donné des passeports aux *commis-voyageurs* des fédérés clubistes, pour relever les espérances et ranimer les vœux des carbonari, des teutoniens, des cortès, des radicaux, ce mélange impur de tant de nations, dont le but évident est d'élever la démocratie populaire sur les ruines des trônes.

Si, à son insu, il a été intercalé dans le discours du trône, qui doit être l'ouvrage du ministère, prononcé à l'une des ouvertures des sessions, une phrase qui foudroie les doctrines pernicieuses, il les rendra, lui, dès le lendemain, plus violentes, plus redoutables. Il donnera la chaire de professeur d'histoire et de morale au conventionnel Daunou, qui a déclaré Louis XVI coupable d'avoir conspiré contre la souveraineté du peuple. Il fera combler de bienfaits ceux des membres de l'instruction publique connus par leurs horribles discours contre les rois et la religion, insérés dans le terrible Moniteur de 1793.

Pour prouver aux ministres qu'ils relèvent de lui, il fera rejeter le concordat signé par M. le comte de Blacas, sous le seul motif que, s'il avait été adopté, M. de Blacas reviendrait auprès du Roi, et que sa présence pourrait être un obstacle à ses perfides projets.

Il fera rentrer les régicides le lendemain du *jamais*, prononcé à la tribune par M. de Serres.

Ne l'a-t-on pas vu sourire un jour, à la lecture du passage d'un discours de M. Garat, ministre de l'injustice, lecteur du jugement de mort contre Louis XVI, portant que, dans toute constitution, la ville où résident les corps constitués avait la représentation et l'initiative des insurrections contre les autorités ?...

L'anti-missionnaire M. Vatout, l'un des employés au bureau secret de M. de Cazes, n'a-t-il pas été nommé sous-préfet à Semur, pour faire élire M. Chauvelin et compagnie ?

Je ne remettrai point sous les yeux de mes lecteurs tous les faits déjà publiés dans divers de mes écrits, et dont M. de Cazes n'a pas méconnu la vérité.

Nous allons le voir maintenant uni avec M. le maréchal Gouvion-St.-Cyr et le marquis Dessolles, pour établir une république militaire.

Les officiers et soldats qui avaient suivi le panache blanc dans l'étranger, et ceux qui, restés en France, avaient honorablement défendu la patrie pendant nos troubles civils, avaient repris leur rang dans l'armée, sous le ministère du maréchal duc de Feltre, fidèle à Buonaparte jusqu'au moment de son abdication, et depuis fidèle aux Bourbons dont il avait partagé les dangers, les malheurs.

La justice positive, comme la justice politique, veut que le militaire qui a servi son roi dans les armées levées en son nom, et dans tous les pays où il a été obligé de se réfugier, concoure, avec le militaire qui a défendu ses états et protégé ses sujets dans l'intérieur, aux grâces, aux faveurs du monarque.

Mais, pour rompre ce lien de famille qui fait la force de l'état, ce trio ministériel a fait ordonner que le temps de service pour le Roi ne comptait pas, et que le temps du service pour la patrie seulement serait pris en considération, pour donner des grades, des décorations.

Par suite d'un système qui ôtait aux émigrés la seule espérance qui leur restait de vivre avec un traitement bien acquis, bien mérité, près des immenses biens dont plusieurs avaient été dépouillés, et de mourir comme défenseurs des Bourbons, si des conspirateurs menaçaient encore leurs jours, plusieurs d'entre eux se sont trouvés réduits à solliciter de la cassette du Roi, de celle des princes, et du faible trésor de la grande aumônerie, des secours indispensables à leur malheureuse existence.

Un très petit nombre d'émigrés ont trouvé encore, dans l'ancienneté de service, le droit de préférence aux anciens militaires qui ont fait les campagnes de la révolution, ou un droit égal au leur; mais, pour anéantir entièrement ces droits, le triumvirat ministériel a fait ordonner que les militaires ayant plus de 5o ans étaient mis à la réforme.

Il n'est plus resté, pour le concours de l'ancienneté dans les cadres militaires, que presque tous officiers qui ont été employés dans les armées constitutionnelles de 1791, républicaines, consulaires, et impériales.

Le Roi, obligé inconstitutionnellement, par une loi de *circonstance*, d'accorder l'avancement à l'ancienneté de service, n'a donné au soldat royaliste que des officiers de la révolution, et l'on présume que ces officiers, imbus de principes libéraux, ont cherché à les propager parmi leurs subordonnés.

L'armée est donc devenue systématiquement libérale; les commandans supérieurs qui sont à sa tête, quoique recommandables par leurs doctrines, enseignées à l'ancienne école du royalisme, sont toujours obligés de veiller à ce que le cœur du soldat soit tout au Roi, son chef suprême; mais leurs rapports avec le soldat n'étant pas immédiats, doivent être contrariés par les communications directes des officiers avec lui, et cette surveillance peut souvent être mise en défaut.

Quelques-uns des officiers qui ont seulement servi la patrie sont dévoués, par sentiment d'honneur et de reconnaissance, à la famille royale; aussi les trois ministres les ont éloignés des corps, mis à la retraite ou à la réforme, et leur droit d'ancienneté est disparu devant l'abus de la destitution.

Je me rappellerai toujours de ce reproche fait à M. ...., l'un des commandans de l'école de St.-Cyr, par M. le maréchal Gouvion-St.-Cyr qui l'a déplacé, pour le nommer commandant d'armes à Abbeville, au lieu du quintagénaire Daché, dont le nom figure honorablement sur mes tablettes royalistes. *Du train que vous y allez,* dit ce ministre de la guerre au commandant, vous ne feriez que des royalistes de tous les élèves.

Les autorités de la ville de Châlons, étonnées de voir que l'ordonnance enlevait à leur estime à leur confiance, M. le duc de Castres, lieutenant-général de la division sous laquelle elle est placée, parce qu'il avait plus de 50 ans, ont exprimé franchement leur opinion contre cette innovation aux anciennes lois militaires, et leurs regrets de perdre un officier-général, dont l'âge n'a point affaibli les moyens, dont l'expérience, réunie à une activité exemplaire, et dont l'esprit de concorde, avaient conquis tous les cœurs à la royauté.

Mais il entrait dans le plan, surtout des ministres de Cazes et de Gouvion St.-Cyr, de changer l'esprit de l'armée, dont Louis XVIII pouvait dire, comme Henri IV : Voilà un soldat selon mon cœur.

Rendons justice au soldat français. Il se trouverait dans l'armée plus d'un d'Assas qui aimât mieux mourir, que de compromettre l'armée française.

Des-Isles Cambrenon, officier au régiment du Roi, notre contemporain, se présenta à l'embouchure du canon, dirigé par des rebelles perfides sur les gardes nationales de Metz, commandées par M. le marquis de Bouillé, dans Nancy, le 51 août 1790, et il fut mis en pièces par une multitude révoltée.

Ces deux actes d'héroïsme du soldat français ont reçu les honneurs de l'apothéose.

> Des-Ile, à peine en son printemps,
> Des plus fameux guerriers que l'histoire publie,
> Egale dans Nancy les exploits éclatans.
> C'est sur l'autel de la patrie
> Que, nouveau Décius, il prodigue sa vie,
> Et le héros est citoyen.
> O toi, qui sus placer au temple de mémoire
> Le nom d'Auvergne avec le tien,
> Apprends qu'il est encore un rival de ta gloire :
> Peut-être même a-t-il surpassé tes vertus.
> D'Assas fit son devoir, mais Des-Ile a fait plus.

De si nobles modèles sont offerts aux militaires de nos jours, gardiens des lauriers moissonnés sous nos rois. —— Ils seront toujours fiers de défendre les drapeaux transmis à ses successeurs par cet immortel Henri IV, qui, voulant reprendre Laon, marcha sur un terrain si rude, que ses deux pieds furent ensanglantés. Ayant été obligé de se mettre au lit, et Sully étant survenu, il fit lever devant lui l'appareil, afin que son ami convînt qu'il *ne faisait pas le douillet mal à propos*.

Les soldats français n'ont pas vu sans douleur que M. Gouvion-St.-Cyr enlevait à leur confiance des officiers qui les entretenaient dans les sentimens d'honneur et de fidélité.

Cette douleur, elle a été marquée, en diverses circonstances, par des corps entiers, et cette manifestation d'opinions a empêché le ministre de la guerre de consommer le travail des destitutions.

Je ne citerai à cette occasion que le fait suivant :

Deux fois M. le maréchal Gouvion-St.-Cyr écrivit un projet d'ordonnance prononçant la destitution de M. de Cadoudal, colonel de la légion du Morbihan.

Deux fois le projet fut présenté à la signature du Roi, deux fois il fut ajourné.

Les soldats sont tellement attachés au Roi et à leur colonel, que quand M. de Cadoudal ne leur transmet pas des ordres de service extraordinaire par lui-même, ou par certains de ses officiers, ils demandent, dans leur patois breton, si M. Jons a *bien dit cela ?*

Heureuse réciprocité de confiance, puisse-t-elle s'introduire dans tous les régimens !

M. le maréchal Gouvion-S.-Cyr avait pris la résolution de demander au Roi, pour la troisième fois, la destitution de M. de Cadoudal ; mais il fut lui-même destitué.

S'il m'était possible de donner ici les noms de tous les officiers royalistes remplacés par ce ministre, il serait démontré qu'il formait une armée toujours à la disposition des protestans du 2 juillet, pour revendiquer l'*indépendance* nationale, c'est-à-dire pour ramener en France cette chimère insatiable du sang humain.

Tous les changemens qu'il a opérés ont porté un coup terrible à la monarchie.

Ils ont inspiré des inquiétudes au peuple, qui sait que l'état ne peut fleurir que sous la discipline et la subordination du militaire, entièrement dévoué au prince réparateur de nos trop longues calamités. Mais quand il a vu que des officiers, connus par leur attachement à la famille Buonaparte, rentraient dans les rangs de l'armée, il a craint de nouvelles trahisons, de nouvelles conspirations, de nouveaux malheurs.

Ils ont égaré l'esprit public sur la marche du gouvernement. Le peuple a dit : On veut donc qu'il y ait des traîtres, puisqu'on destitue des fidèles.

Ils ont présagé un coup de main sur le trône. Le peuple a dit encore : Puisque nous sommes en paix avec l'Europe, pourquoi replacer dans l'armée des officiers qui ne demandent que la guerre ? Cette guerre à qui la feront-ils? à la famille royale, contre laquelle ils ont déjà porté les armes.

Ils ont donné lieu à supposer le retour prochain de la famille du prisonnier de Ste.-Hélène. Le peuple a dit enfin : Si les officiers de Buonaparte font un coup de main contre les Bourbons, ce ne peut-être qu'en faveur de leur maître.

A ces observations judicieuses se rattachaient les replacemens des anciens préfets, sous-préfets et maires; les nominations aux Chambres, par fournée dans la première, et par élection dans l'autre, des protestans et des amis des protestans du 2 juillet.

Le peuple concluait de ces rapprochemens que l'état était à la veille d'une commotion politique, dont les *Minerviens* d'ailleurs ne gardaient plus le secret.

Malgré toutes ces manœuvres perfides, la pudeur ou le tâtonnement a conservé encore au soldat royaliste des chefs dignes de son estime.

Mais, grand Dieu! quels moyens le ministère de Cazes, Dessoles, Gouvion-St.-Cyr, n'a-t-il pas employés pour les enlever de la France, afin, sans doute, de retirer au Roi tous moyens d'oppositions aux attaques des pervers et des traîtres?

Le projet de monarchiser la république de Buenos-Ayres, du Chily, et de faire passer le sceptre de cette ancienne monarchie, des mains du Bourbon d'Espagne dans celles du Bourbon de Lucques, n'a été conçu que pour jeter au-delà des mers les régimens dont le soldat et l'officier ont juré de vivre ou mourir aux pieds du trône.

Ce projet ne pouvait pas avoir d'autre but; et il suffit d'en donner ici une simple analyse, pour porter cette conviction dans l'ame de mes lecteurs.

M. le marquis Dessolles, alors ministre des affaires étrangères, sous la haute protection de M. de Cazes, fit proposer à MM. Puyredon et Rondeau, chefs suprêmes de la république de

Buenos-Ayres, de transformer le mode de gouvernement en régime monarchique, et de mettre à la tête de la monarchie le duc de Lucques, héritier des duchés de Parme, de Lucques, etc., jeune homme de vingt ans.

M. Gomez fut envoyé extraordinairement, de Buenos-Ayres en France, pour traiter une affaire aussi sérieuse. C'est le 15 mai 1819 qu'il reçut, dans l'hôtel du ministre français, les premières ouvertures. Le 1er juin, la conférence devint importante.

Quand M. Gomez marqua sa surprise de voir que, sous la protection d'un Bourbon de France, un Bourbon d'Espagne devait être dépossédé par un Bourbon de Lucques, on répondit que la France était devenue, depuis plusieurs années, dans l'habitude de faire et de défaire des rois.

Quand M. Gomez exposa que le roi du Brésil n'approuverait peut-être pas cette injuste spoliation, on répondit gravement qu'on marierait le prince de Lucques avec une princesse du Brésil; que cette union ferait taire tous les scrupules, et qu'on stipulerait que le Portugal évacuerait les pays près la rivière de la Plata.

Quand M. Gomez demanda si l'Espagne agréait ces stipulations, on répondit légèrement que la France obtiendrait ce consentement, et que l'Espagne reconnaîtrait l'indépendance de l'Amérique méridionale espagnole.

Quand M. Gomez voulut savoir si les empereurs d'Autriche et des Russies consentiraient à cet engagement, on répondit qu'on le croyait (1).

____

(1) L'*Observateur autrichien*, journal ministériel, a

Quand M. Gomez désira savoir si l'Angleterre ne s'opposerait pas à ces novations, on répondit fièrement que la France se chargerait de tous les traités avec les puissances étrangères, et qu'elle s'obligerait de fournir hommes et vaisseaux pour transporter le jeune prince à Buenos-Ayres, et le maintenir sur le trône.

M. le baron de Rayneval remit à M. Gomez un mémoire où toutes les garanties promises par la France sont énoncées.

. M. Moréno, envoyé du Chily à Londres, revint dans son pays, et y porta des propositions semblables, que le gouvernement de France avait faites à dom J. Jrizarri, envoyé du Chily à Londres.

Et dom Gomez revint, de son côté, à Buenos-Ayres, remit les papiers et mémoires relatifs à ses conférences avec le ministère de France, à M. Jose Rondeau, l'un des directeurs des Provinces-Unies de l'Amérique méridionale.

Quand Puyredon et Rondeau ont été chassés de Buenos-Ayres par dom Manuel Sarratea, qui s'établit chef du gouvernement, ce dernier, qui trouva les pièces relatives à cette négociation dans les archives publiques, cria à la trahison, et convoqua un jury national pour juger, le 14 mars, les traîtres qui avaient fait trafic de leur pays et de ses habitans.

Une nouvelle révolution a fait tomber dom

---

imprimé le 29 juillet, qu'il pouvait assurer que l'Autriche n'a été informée de toute cette négociation , si elle a eu lieu réellement, que par les feuilles de Londres , qui publient les faits qui y sont relatifs.

Sarratea, et les juges n'ont pas pu prononcer encore sur la *glorieuse entreprise* conçue par le trio ministériel français.

Est-il bien possible de croire, comme je le disais il y a un instant, que ce projet, formé sans la participation, et arrière de toutes les puissances, pouvait avoir jamais une issue favorable?

Tous les journaux anglais, qui en ont eu communication par la publication des négociations, et lord Luckington, qui a demandé des documens, sur cette singulière affaire, au ministère (il a déclaré ne pas la connaître officiellement), n'ont-ils pas dit, tous, que le gouvernement et le commerce d'Angleterre n'auraient jamais souffert qu'un pareil traité reçût son exécution?

La France aurait donc eu à soutenir une guerre, sans motif louable, avec toutes les puissances, si son gouvernement s'était obstiné à remplir les conditions d'un pacte aussi extraordinaire.

La France, divisée d'opinions dans son intérieur, sans matériel, sans personnel militaire, sans finances, était-elle en état de résister à une si formidable coalition?

Si les puissances avaient accédé à ces changemens que la politique elle-même condamne, la France, qui avait promis d'embarquer dix mille hommes pour conduire et protéger le jeune roi dans Buenos-Ayres, aurait envoyé au-delà des mers, bien certainement, les plus fidèles régimens.

Et, dans les deux cas, la monarchie retombait sous le joug du premier soldat audacieux qui aurait proclamé, au moment de l'insur-

rection, un nom qui rappelle tant de cruels souvenirs.

Ce projet ne paraîtrait donc que ridicule, ab-
surde, s'il n'avait pas eu une cause criminelle.

Le succès n'a pas répondu à la tentative.

Alors, c'est dans Paris même que l'on a con-
centré l'esprit d'une prochaine insurrection.

Une armée active devait, en temps de guerre
(eh! que d'efforts n'a-t-on pas faits pour
qu'une puissance alliée la déclarât à une autre
puissance alliée, et que notre armée fût mise en
activité comme auxiliaire!); elle devait marcher
aux frontières.

Dans l'intérieur, une autre armée, dite sta-
tionnaire, formée de vétérans, d'officiers ré-
formés, devait veiller à la sûreté du trône.

Il faut être aveugle pour ne pas voir, dans une
si étonnante combinaison, le trône livré à la
disposition de la soldatesque impériale.

Si nous restons en paix, la garde royale, qui
ne doit jamais être à plus de trente lieues autour
de Paris, est dispersée dans des villes plus
éloignées, et des officiers à demi-solde, au nombre de plus de vingt mille, vivent dans Paris et les
environs.

Tel est l'état dans lequel gémissait la France,
quand la Providence allait retirer le porte-feuille
des mains du maréchal Gouvion-St.-Cyr, et a levé
le voile qui cachait la perversité de M. de Cazes.

Les étrangers eux-mêmes, inquiets de voir la
démocratie introduite si subitement dans la monarchie; la pullulation des libelles régicides si
rapide; l'influence du comité directeur sur les
actes du gouvernement; les relations des libéraux

de France avec ceux de leurs pays; l'inexécution formelle des promesses solennellement faites à Aix-la-Chapelle; le dépécement du ministère français, l'agitation qui marchait, la fermentation de la jeunesse *pensante*, et plusieurs autres faits non moins alarmans, formèrent un comité de recherches dans Mayence, établirent un régime extraordinaire dans l'Allemagne.

Les mesures extraordinaires pour veiller à la conservation des états allemands alarma un instant les confédérés de France. Elles ne reçurent pas une prompte exécution, parce que le germe du mal n'était pas encore assez prononcé. Pendant cette intermittence, les confédérés reprirent courage, envoyèrent courriers sur courriers aux clubs étrangers, et résolurent de mettre l'Espagne en insurrection, pour y établir le camp général des conspirateurs.

M. le maréchal Gouvion-St.-Cyr éloigna des frontières d'Espagne celles des troupes françaises dont le secours pouvait être réclamé par le roi ou ses fidèles sujets.

M. de Cazes renouvela les membres des autorités près les frontières, dont la surveillance s'exerçait sur les voyageurs déguisés qui se rendaient, en grand nombre, de Paris à Cadix.

Il savait très bien que Mina venait d'emprunter une somme assez considérable sur un dépôt de vins, et escomptait des effets sur un banquier de la capitale.

Il avait placé, à côté de cet Espagnol, une femme d'esprit qui lui rendait un compte fidèle de toutes ses actions.

Il le reçut dans son cabinet secret, le laissa partir pour Versailles, d'où il sortit furtivement avec cette femme, pour se rendre à Bayonne.

Bien loin d'arrêter la correspondance du *Constitutionnel* qui eut l'indiscrétion d'annoncer, quinze jours à l'avance, l'insurrection des troupes à St.-Léon, il permit que cette feuille donnât chaque jour des nouvelles fausses, mais satisfaisantes aux révolutionnaires espagnols et français, qui n'attendaient que l'avis de la première rebellion militaire, pour l'aider de tous leurs moyens.

Il eut même la bonté de payer l'arriéré des secours annuels que donnait le gouvernement aux espagnols réfugiés, et c'est avec cet argent que plusieurs d'entre eux ont acheté des armes en France, et se sont disséminés dans l'Espagne.

Le général Quiroga, qui avait apporté au roi le jugement qui condamnait à mort les libéraux Lascy, Porlier, etc., et qui avait juré, sur son honneur, que ce jugement assurait la tranquillité de l'Espagne, leva le premier l'étendard de la sédition militaire.

Je ne retracerai pas ici les faits qui ont précédé et accompagné la révolte d'une faible portion des troupes espagnoles; ils sont connus.

Une insurrection par le droit des baïonnettes jette donc l'épouvante dans les palais des rois, et tous les empires sont menacés d'un bouleversement général, par la soldatesque armée.

Le civil s'insurge lentement; le militaire est plus prompt dans l'exécution.

Dans un royaume où la religion a de profondes racines, les fédérés n'ont pas osé marquer le premier acte de rebellion avec le sang du roi, mais

ils l'ont inscrit sur 4,000 cadavres de braves soldats, 3,000 bourgeois et 40 ecclésiastiques.

Riégo, sorti de l'île St.-Léon pour faire des
approvisionnemens, fut chassé de ville en ville
par des troupes fidèles; et au moment où le roi,
forcé d'accepter la constitution des cortès, scella
de sa signature cet acte monstrueux, Riégo,
battu partout, réduit à la plus affreuse misère,
demandait à être reçu à récipiscence, et à rentrer
dans les grâces de son souverain.

Oh ! si Ferdinand était monté à cheval, avait
fait un appel à son peuple, l'ambition et le crime
n'auraient pas eu le temps de préparer ces feux
destructeurs dont l'explosion n'a déjà fait que
trop de ravages !

Les cortès marchent avec la torche infernale pour brûler les temples ; ils mettent à l'en-
can les dépouilles de l'église; ils sécularisent, par
décrets, les religieux des deux sexes; ils poussent
eux-mêmes le peuple à la contre-révolution; et
bientôt ces hommes sans honneur paieront de
leurs têtes le crime irrémissible d'avoir touché à
l'encensoir de l'église et à la couronne de la
royauté.

L'Espagne était pauvre sous le roi, elle est
sans crédit sous les cortès.

Les nationaux n'acheteront pas, par défaut
d'argent et par opinion de religion, les biens
que les cortès se permettent d'enlever à l'église
gallicane, qui les possédait avant que la nation
existât.

Les cortès ne trouveront pas, comme le disait M. de Beaumetz, ex-constituant, l'un des plus grands défenseurs du papier-monnaie, une mine féconde que la Providence nous a fait découvrir au milieu des ruines de l'ancien régime, pour combler la dette immense de la dette publique.

D'ailleurs, ils n'ont pas, comme les novateurs libéraux de la France, un grand moulin à papier de richesse fictive, pour suppléer au métal qui leur manque, et sans le secours duquel une révolution civile ou militaire ne peut pas être de longue durée.

Ils craignent d'ailleurs la marche de cette armée fidèle au roi, composée de quinze mille hommes, qui garde ses positions à Marchena, Carmona, Port-Sainte-Marie, etc.

Les Quiroga et autres, maintenant rois d'Espagne, ont tenté de la diviser en cinq parties ; leur ministre de la guerre a donné ordre à deux mille hommes de s'en détacher. Mais, de même qu'elle a refusé de prêter tout autre serment que celui de *fidélité à Ferdinand*, et *obéissance à la constitution* (laquelle ?); de même elle a déclaré qu'elle était indivisible, et qu'elle combattrait et mourrait en corps.

La note officielle du ministère russe à M. Zéa, ambassadeur d'Espagne, sous la date du 2 mai, dans laquelle l'empereur Alexandre improuve les crimes de mars, réclame contre les agressions qui exposent aux chances d'une crise violente les destinées de la patrie ; qui regarde des désordres semblables comme ayant amené trop souvent des jours de deuil pour les empires, etc.; cette note, qui aurait dû, peut-être, avoir à sa suite une armée russe sur presque tous les points de l'Espagne, principalement dans la Galice et en Catalogne, pour rétablir le roi dans les droits que viennent d'usurper les cortès, a produit une vive sensation dans le peuple.

Le parti républicain est en pleine division avec celui dit les *cortès*. Le premier vient de s'emparer des récoltes pour approvisionner les places et les magasins militaires. Le général Riégo a refusé la place de gouverneur-général de la Galice, parce qu'il a craint que, détaché de ses troupes qui sont à Cadix, il ne tombât dans les mains de *ses ennemis*, et il ne perd pas de vue un bâtiment destiné à le porter outre-mer, quand l'heure de la justice sonnera.

Les républicains, qui tiennent leur club au café Lorainciny, continuent à recevoir, deux fois la semaine, les courriers du grand comité directeur de Paris, demandent la destitution et la mise en jugement des ministres qui sont modérés, et la suspension du roi, qui, arrivé le 12, à sept heures du soir, des bains de Sacedon, a été reçu, dans Madrid, par une affluence considérable de peuple, qui a commis le *crime* de pousser le cri tout court de *vive le roi !*

Les cortès sont entre deux partis, et la peur les prend. Pendant leur querelle, les guérillas se forment en grand nombre dans le royaume, et surtout du côté des Pyrénées, où les cris de *vive le roi ! à bas les cortès !* se font entendre chaque jour. Plusieurs villes n'ont pas voulu admettre les fonctionnaires envoyés par le gouvernement de fait. Un nouvel ordre vient d'être envoyé à l'armée de Cadix, toujours campée à Marchena et dans les environs, de se disséminer dans l'intérieur, dans la crainte qu'elle ne rentre dans Cadix : il a été rejeté comme ne venant pas de l'autorité légitime.

Une note que l'on dit *officielle*, venant de Vienne, annonce qu'une armée de 200,000 Autrichiens et Russes va être mise en marche contre l'Espagne ; qu'elle doit passer par la Suisse, pour se rendre à Marseille, d'où elle se divisera en deux corps, dont l'un se dirigera vers Perpignan, et l'autre vers Bayonne, pour se réunir sous Madrid. Cette note exaspère les uns, et fait trembler les autres.

La *junte apostolique* continue ses opérations en Portugal, où elle reçoit, par la *voie* de l'Angleterre, des fonds, des armes et des officiers. On attend, dans ce royaume, un renfort de troupes anglaises.

Une nouvelle révolution est prochaine et inévitable. Quiroga sollicite une ambassade. Cette demande, commandée par la peur, l'a rendu suspect aux révolutionnaires. Depuis quelques jours nous avons, outre la correspondance ordinaire du *Constitutionnel français*, un certain citoyen qui se dit appeler *Bousquet*, et qui fait brochures sur brochures, à la façon du *Nain jaune*, dans la maison de Lorainciny, où il paraît être fixé ; il va établir une boutique de librairie, et prendre pour enseigne : *Au Naufrage de la Méduse*.

Le pape a refusé l'institution au nouvel archevêque de Séville, président actuel des cortès.

Plusieurs évêques sont sortis d'Espagne pour éviter les poursuites dont ils sont menacés ; ils ont été rejoindre la junte apostolique.

Il est certain qu'un courrier extraordinaire du

comité de Paris, a apporté, le 16 du courant
une grande et importante nouvelle qui a rempli
de joie nos libéraux (sans doute le projet de la
conspiration des officiers gouvioniens.); ils ont
reçu aujourd'hui un autre courrier porteur de
nouvelles qui les affligent (sans doute la découverte de cette conspiration) — (25 août).

En Andalousie, les chemins sont infectés de
brigands et de voleurs. La cavalerie, restée fidèle
au roi, les pourchasse; on en a déjà arrêté et
fusillé plusieurs. Le désordre règne partout.

Les cortès veulent forcer le roi de prendre
pour ministre de la guerre le général Odono-
ghut, Irlandais, gouverneur de Cadix, qui a
été compliqué gravement dans le projet d'assassinat sur la personne du roi dans son palais,
formé, il y a quatre ans, par un certain commissaire des guerres qui a été pendu, et dont la
tête a été placée sur un poteau.

Les billets royaux, qui perdent 80 pour 100,
vont être admis, comme argent comptant, en
paiement des biens du clergé. Déjà les compa-
gnies noires de France sont arrivées ici pour les
acheter. L'exemple de M. Michel, qui en acquit
pour près de 15 millions sous Joseph, et qui
n'a pas fait fortune dans cette haute spécu-
lation, ne les effraie pas.

Le peuple, qui aime son roi, est dans la misère
la plus profonde. Il murmure. Le soldat, sans
habits et sans paie, entraîné à la révolte qu'il
désavoue, par des chefs perdus d'honneur, cri-
blés de dettes, murmure. Les 62 députés, honteux de siéger dans le sénat avec de jeunes ambitieux qui ne visent qu'à se rendre maîtres de
la souveraineté populaire, murmurent.

Ces trop longs murmures changeront dans peu
de temps en cris terribles de vengeance. Malheur aux chefs des indépendans qui ont trompé
un Espagnol chrétien, un Espagnol qui a honte
du parjure !....

La *société de la révolution* a fait une seconde insurrection militaire dans Naples, sous
la conduite du prêtre Menichino, dont le nom
seul est un outrage à la vertu, de complicité avec
les Pépé, les Filiangieri, les Arcovito, etc. Depuis long-temps, le plan en avait été formé dans
le grand club européen, siégeant à Paris.

« On se tromperait étrangement, dit le *Constitutionnel* du 29 juillet, si l'on s'imaginait en Europe que le mouvement de quelques hommes a
été le seul ressort de la révolution napolitaine.
Nous pouvons *aujourd'hui le publier* : c'était
une vaste entreprise, conduite avec constance
et générosité, et avec les sentimens d'*humanité*,
fruit *nécessaire* des progrès de la civilisation.
Pas une goutte de sang n'a souillé ce *triomphe*.
Le signal a été donné, il est vrai, par le jeune
lieutenant Morelli, à la tête de 150 dragons seulement ; mais la population était prête à le seconder. Les ecclésiastiques les plus influans
(imposteurs !) se sont montrés parmi les directeurs du mouvement. Le chanoine Menichino,
qui s'est instruit sur les véritables bases constitutives de l'organisation des sociétés par un séjour de trois ans en Angleterre, a été un des
premiers à se déclarer. Enfin, ce qui ne peut
laisser aucune incertitude sur l'existence d'un
vaste plan, c'est la fixation du jour choisi pour
éclater. C'était le 1er juillet, fête de saint

Théobald, patron des *Carbonari*, dont la couleur, le noir, est associée au bleu et au rouge, pour former le pavillon national. »

Dans les relations ultérieures que le *Constitutionnel* a données des premiers mouvemens d'insurrection parmi les troupes napolitaines, il reconnaît que *l'association* des *carbonari* a existé; qu'elle compte dans ses rangs les plus notables personnages de Naples, les personnes les plus influentes dans les campagnes, et l'armée toute entière; que cette *affaire* était combinée d'avance par la *société* des *carbonari*, qui tous se sont entendus pour parvenir à ce but *tant désiré*. Quelques grands seigneurs siciliens, ajoute l'avocat-écrivain de tous les révolutionnaires du globe, ont protesté, pour la Sicile, contre l'adoption de la constitution espagnole. Ils paraissent vouloir conserver les prérogatives de leur ancienne charte; mais l'INSTRUCTION, les *lumières* ont aussi pénétré dans cette île, et les prétentions des nobles pourront bien s'anéantir *devant* la *volonté nationale*, qui ne considère plus maintenant que les vertus, les talens et les services rendus à la patrie... »

Quels sont donc les hommes vertueux qui ont arboré les couleurs de la révolte à Palerme, et ont surnagé dans le sang des honnêtes et fidèles Siciliens?

Le chanoine Menichino, l'un des plus chauds partisans de Buonaparte, le bas valet de Murat, s'était sauvé des états napolitains, quand Ferdinand est revenu dans Naples. Errant de pays en pays, il s'était réfugié dans l'Angleterre. C'est le *Chabot* de la révolution française ; de même que

le capucin Chabot avait comploté le 10 août
dans Maison-Alfort, de même le chanoine Menichino a préparé dans Nola l'insurrection d'une
faction de l'armée napolitaine contre son souverain.

Le général Pépé, l'un des membres de son
pouvoir exécutif, sait à peine lire et écrire. Il
était à la tête d'un bataillon des Napolitains qu
ont servi dans l'armée d'Espagne, division du
maréchal Suchet. Il s'était signalé, non pas par
sa valeur dans les combats, mais par sa gran de
activité dans les pillages des églises, des propri é-
tés particulières; et son grand zèle pour prend re
le bien du vaincu avait forcé ce maréchal à le
faire arrêter et à le faire punir par un conseil
de guerre. Mais des considérations particulières
portèrent le commandant de l'armée française
à le renvoyer, avec sa troupe, dans son pays.
Si justice avait été faite à cette époque, le *vertueux* et *brave* Pépé n'aurait pas fait le roi d e
Naples son prisonnier.

Le général Charles Filangieri, autre membre
du directoire d'insurrection, a fait ses études au
Prytanée français. Il entra sous-lieutenant dans
le 33e. de ligne, alla à Ostende, et fit la cam-
pagne d'Austerlitz. En 1806, il rentra dans sa
patrie, servit dans les troupes napolitaines con-
duites en Espagne. En 1813, il fut créé général
de brigade.

Les rédacteurs des *Fastes de la Gloire militaire* ont omis de porter son nom sur leurs tablettes.

Si le roi de Naples n'avait pas cédé aux conseils
de ses ministres, dont quelques uns ont tremblé

devant deux à trois mille insurgés, les lazaroni, mécontens du nouvel ordre de choses, auraient dispersé ce petit nombre de rebelles.

On sait que, quand les janissaires ont des réclamations à faire au Grand-Seigneur, ils commencent par incendier quelques maisons: On saura aussi que quand les lazaroni demandent au roi de Naples, soit la diminution du prix du pain, soit toute autre chose, ils menacent d'incendier une partie de son palais.

Avant, et pendant l'insurrection de Naples, les 25 mille lazaroni n'ont fait entendre aucunes plaintes, n'ont pas pris la moindre part au projet de rebellion, ni à la rebellion mise en action.

Le roi pouvait donc se dispenser de prêter serment à la constitution espagnole des cortès, invoquée par les Menichino, les Pépé et consorts, comme une divinité infernale, bien faite, au reste, pour faire peur aux peuples civilisés, déjà frappés de terreur par l'appareil épouvantable d'une sédition traînant à sa suite son plomb meurtrier et ses torches incendiaires.

Le plan de Menichino, comme celui de tous les *carbonari* du monde, était de républicaniser Naples, Rome, toute l'Italie. Mais la neutralité, même le murmure des lazaroni, ont fait précéder cette proclamation de la *volonté nationale*, comme dit le *Constitutionnel*, par l'introduction momentanée du libelle solennel des cortès contre les rois de l'Europe, dans les états napolitains.

Le prince de Calabre, nommé vicaire-général du royaume, arrivé récemment de la Sicile, a

vu ses jours dans le plus grand danger. Des ministres lâchement démissionnaires, une tourbe
de la soldatesque armée, menaçant d'embraser
le palais; le sang de quelques serviteurs fidèles ;
fumant autour de sa personne; son emprisonnement dans un salon, pour lui ôter toute communication au dehors; les prières de son véné-
rable père qui avait cédé à l'impérieuse nécessité;
et, peut-être encore, le tableau horrible des
calamités publiques qu'entraînerait son opposition à ne pas jurer, comme roi, obéissance à
cette hyène monstrueuse qui ne vomira que des
forfaits : toutes ces considérations puissantes ont
maîtrisé sa volonté.

Un seul amendement a été fait à ce trop fatal
serment : c'est celui d'apporter des *modifications*
à cette constitution qui consacre l'exercice de la
souveraineté dans les mains du peuple.

Cette restriction donnera le temps aux hommes
sages de méditer sur les crimes des atroces associations des *carbonari*, qui ont résolu de ruiner
les trônes ; et aux puissances étrangères de prendre des mesures énergiques pour rendre à la
légitimité tous ses droits.

La sainte alliance, en jurant, à la face du ciel,
de protéger et maintenir la légitimité, doit remplir aujourd'hui ses sermens sacrés.

Les droits qui fondent la légitimité étant atta-
qués, usurpés, c'est aux rois de les défendre,
puisqu'ils sont responsables de leur couronne
envers leurs peuples.

La marche, peut-être trop lente, des troupes
autrichiennes sur les états du pape, s'arrêtera-
t-elle aux portes de Naples ?

Espérons que ce misérable scrupule, de ne pas intervenir dans les insurrections des sujets contre leurs souverains, ne retiendra pas les bras vengeurs des rois, armés pour le bonheur et la tranquillité des peuples.

L'usurpation des droits des couronnes, par des soldats armés, est une déclaration de guerre à tous les rois ; et les rois qui ne viendraient pas au secours du monarque dépossédé, pour le rétablir sur son trône, tomberont demain, de celui qu'ils occupent, aux pieds de vainqueurs insolens et sanguinaires.

Louis XVI n'a péri que par la faute des rois. Si les monarques avaient formé en 1791 cette forte coalition qui a vaincu l'arrogant Buonaparte en 1814 et 1815, au lieu de s'occuper des moyens d'affaiblir la France dans son territoire et dans ses finances, le bourreau Samson n'aurait pas tranché la tête du plus honnête homme de l'Europe.

Le système de 1791 renaît de ses cendres, dans ce siècle dit de *lumières*, mais réellement fécond en insurrection de tous genres.

Nos affamés de constitutions veulent faire reconnaître par les rois ce malheureux système que la souveraineté est dans les peuples, parce que cette concession une fois faite, ils en tireront, au premier jour, cette affreuse conséquence que les peuples, reconnus souverains par les rois, ont le droit de leur imposer des conditions ; par exemple : celles de ne pas faire des lois sans leur participation (la France) ; celles de ne pas se marier sans leur consentement, de ne pas arrêter de traités, de ne pas faire la

guerre, de ne pas nommer aux emplois sans l'a-
grément des cortès (Espagne et Naples.)

Et à l'inexécution de tout ou partie de conditions aussi avilissantes, ils attacheront la péna-
lité de la déposition, du changement de dynastie,
de la mort même.

L'administration et la force publique étant
mises à la disposition des peuples, la condition
de roi est plus malheureuse que celle du dernier
bourgeois de Paris.

N'avons-nous pas devant les yeux les images
monstrueuses des calamités qu'a produites en
France le système de faire éclore d'un seul coup une
constitution neuve pour un grand royaume, et
la fin tragique de ces constituans qui se sont pré-
cipités pour détruire ce que la main du temps
avait consacré? Ils ont presque tous péri par les
lois qu'ils avaient faites, par cette *douce* guillo-
tine qu'ils avaient substituée à la roue, à la potence, par le poignard des amis qu'ils avaient
associés à leurs travaux criminels.

Ce n'est point aux démagogues insensés, im-
patiens de travailler à *refondre un état*, *eux
qui connaissent* à peine en peinture ce que peut
être un état, que je rappelle ces tristes et dou-
loureux souvenirs.

Mais c'est à la sainte alliance elle-même
que j'ose prédire que si elle ne rétablit, au
plus tôt, le germe de toutes les affections publiques, celui de nous attacher à la classe de la
société dans laquelle nous vivons, et de resserrer
le premier anneau dans l'enchaînement de tous les
sentimens qui doivent émouvoir les sujets pour
les rois, c'en est fait des monarchies.

Elle a, dans son pouvoir , les moyens d'arrêter le nouveau débordement des doctrines qui
perdent les empires , et de châtier ce mélange
monstrueux des conspirateurs de tous les états
et de toutes les nations : — Je leur dirai !

N'attendez pas que le roi d'Espagne soit forcé
de boire jusqu'à la lie la coupe amère des misères
humaines, bientôt remplie jusqu'au bord.

Ne vous contentez pas de placer vos armées
fidèles en observation sur l'Adige ; poussez-les
dans Naples, dans la Sicile. Brisez les fers du roi
avant que le poignard de Séide n'ait frappé son
cœur.

Un vertige universel intervertit tout, met en
fermentation la lie du peuple, et menace les
états d'une dissolution générale.

Partout des systèmes, nulle part des vérités
reconnues, partout du bel esprit; nulle part un
sentiment pur, toujours des jouissances pour
l'orgueil et l'imagination, jamais de bienfaits pour
la fidélité, et des réalités pour l'amour.

Empêchez donc que le monde politique re-
tombe dans un chaos affreux !

Puisque le temps et l'expérience ne sont pas
d'utiles guides pour les ambitieux qui orga-
nisent et soldent les *sociétés de révolution*, ef-
frayez, contenez ou punissez par les armes croisées que le Dieu vengeur des crimes a déposées
dans vos mains royales.

Alors, oui alors seulement, la révolte, monstre né de l'intrigue et du crime, rentrera dans
le gouffre infernal d'où elle est sortie, avec la
populace qu'elle a séduit, et le soldat qu'elle a
armé.

Missionnaires de la Providence, vous êtes lents
dans l'exécution de ses décrets......, et toujours
les indépendans désolent le royaume de Naples.
Le régiment Farnèze, fidèle au roi, a été attaqué par des troupes constitutionnelles (17 juillet), sur le pont de la Madelaine, et le sang
de la fidélité a coulé à grands flots. Déjà Palerme est en feu; des nobles, des prêtres, au
nombre de 20,000, sont massacrés par les factieux réunis aux galériens, et leurs cadavres
mutilés forment une muraille de chair et d'os,
pour que les boulets des frégates, qui sont en
vue du port, et dont on craint l'artillerie, ne
tombent pas sur le môle.

Dans la ville de Palerme, les Siciliens ont
massacré les Napolitains, et les Napolitains ont
égorgé les Siciliens; les carbonari ont ouvert
les prisons à 5,700 forçats, et les 5,700 forçats
ont tué tous les carbonari. Les troupes du roi
ont été chassées des forts qu'elles occupaient,
par une bande d'hommes sans aveu, mais armés; s'étant ralliées sous le commandement du
préposé par le lieutenant-général Nazelli, nommé
vice-roi pendant l'absence du prince de Calabre,
elles ont mis à mort leurs frères vainqueurs; mais
des paysans, réunis à ceux des galériens échappés
au premier carnage, les ont immolées à leur
fureur. Plus de 200 coups de fusil ont été ti-
rés contre le lieutenant-général Nazelli, défenseur des intérêts de la couronne; et sans le courage de deux soldats, qui sont morts en proté-
geant sa fuite, il aurait tombé sous les coups
meurtriers d'une multitude immense, dont les
bras étaient dégoutants de sang. L'archevêque

de Palerme, vieillard toujours respecté, à commandé au nom de Dieu, dont il promenait l'image sacrée dans les rues ; de cesser le carnage, et de s'embrasser comme frères. L'image sacrée de la divinité a été arrachée de ses mains, traînée dans la boue ; et le ministre à cheveux blancs, menacé d'être attaché à une potence, a eu la poitrine déchirée par de nombreux coups de verges.

Les têtes des princes Catholica et autres ont été coupées, hachées à coups de sabres, et portées au bout des piques. Les soldats fidèles, amoncelés dans les cachots naguère occupés par les galériens, meurent de faim, et brûlent au milieu d'une paille enflammée. Les monstres ! ils ont proclamé qu'au premier coup de canon tiré du dehors, ils passeraient leurs armes dans le sein des propriétaires, prêtres, nobles, marchands..... Le crime des crimes est consommé.... La mort ou le pillage, voilà les lois qui épouvantent en ce moment la ville de Palerme, conquise par l'armée des libéraux, et s'épurant elle-même à coups de sabres, à coups de poignards. Plus féroces encore que les monstres qui ont fait les cruelles expéditions de nos prisons, en septembre 1792, ces infâmes antropophages allaient mourir de faim, quand leurs chefs ont ordonné de couper les seins des femmes, de les faire griller, et de les manger. — Un chanoine, attaché sur une croix, priait Dieu de fortifier son ame ; un enfant de sept ans entend sa prière, prend un morceau de chair à peine cuit dans une grande marmite, et le lui porte ; un nouveau Jourdan l'arrête, prend son exécrable mets, et dit : Puisque

le calotin a faim, il mangera les deux oreilles.
Il les lui coupe; et les enfonce successivement
dans la bouche du patient. — Des filles réclament
la vie de leurs pères, âgés de 85 ans : elles sont
impitoyablement violées, pendant qu'en leur
présence ces vieillards sont coupés en morceaux.

Vingt mille hommes sont péris !....

Terre maudite, qui osera l'aborder ?

Tant que nos constitutionnels n'ont donné que
la torture à la raison et à la vérité, les hommes
sensés les ont plaints d'être les enfans du men-
songe; mais quand ils impriment chaque jour
qu'une révolution (ils devraient dire un supplément à la révolution) est *le fruit nécessaire*
des progrès de la civilisation, et que la vaste
entreprise a été conduite dans les états de Naples
avec constance, générosité, et les sentimens d'humanité, on est autorisé à croire qu'ils sont de la
race des tigres, pour qui la *curée* est le bonheur
de déchirer les corps autrefois les plus respec-
tés, et livrés aujourd'hui à leur insolente au-
dace..... Mais j'oublie que le serment de ces
monstres politiques est de *marcher les pieds*
dans les larmes et dans le sang, jusqu'à ce
que le genre HUMAIN ait reconquis ses droits.

Rois, voilà vos ennemis.

Les journalistes, qui poussent au crime des ré-
volutions, aiguisent les poignards des conspirateurs. Veillons à ce que leurs criminelles espérances ne soient pas réalisées.

Entre la France redevenue révolutionnaire
sous l'influence de M. de Cazes, et Naples, révolutionnée par les bons offices des serviteurs de
Murat, il y a encore quelques petits états.

Le Piémont est notre barrière; il a un roi qui rend heureux son peuple; le mode de son gouvernement est généralement approuvé, et le seul abus que l'on signale dans ses institutions, est dans la composition de la magistrature.

Depuis trois mois on trouve affiché tous les soirs, à l'une des portes de son palais : *Nous voulons une constitution.* Sur les murs des corps-de-garde on lit aussi des affiches contenant les mêmes expressions.

Ces affiches sont arrachées par le peuple et par le soldat, qui aiment le roi. La main invisible, dont ont parlé Pleigner et Maubreuil, ne se lasse pas de renouveler ces sortes d'appels à la séditon.

A Milan, une jeunesse ardente a insulté dernièrement plusieurs habitans tranquilles, aux sons bruyans de : *Il faut une constitution.* Elle a saisi le commandant d'armes autrichien et son épouse sortans du spectacle, et a voulu leur faire danser une contre-danse constitutionnelle dans les rues. M. de Saurau, ministre de la police, a pris ces insultes au sérieux, a menacé la ville d'une expédition militaire, si ces constitutionnels n'étaient pas livrés aux tribunaux; trente huit sont dans les prisons et attendent jugement.

Dans l'une des villes faisant partie des états romains, un cardinal a été forcé de monter à cheval pour dissiper des groupes d'aboyeurs dits constitutionnels; il a été grièvement insulté, blessé. Quelques-uns de ces *bons* citoyens ont été arrêtés.

A Bologne, des élèves en droit, divisés en royalistes et en constitutionnels, se sont battus à coups de poignards, et le sang a ruisselé pendant vingt-quatre heures dans la ville. Un ecclésiastique, porteur des paroles de paix, a manqué d'être assassiné.

Dans les états romains, les carbonari ont formé une ligue de bandits qui s'étend depuis le duché de Milan jusque dans Bénévent et Ponte-Corvo.

Leur siége principal est dans les Apennins.

Le commissaire des guerres Valiante (de Ponte-Corvo), avait formé, avec le chanoine Menichino, le plan d'une république romaine, devant embrasser les états de Gênes jusques et compris Naples, à la tête de laquelle ils avaient mis Napoléon II, comme roi de Rome; mais les circonstances ayant presque *improvisé* la rebellion du soldat dans Naples, il est arrivé que Menichino, chargé de l'organisation de cette partie du royaume, n'a pu la constituer en préfecture; et Valiante, qui avait jeté les fondemens d'une république dans Bénévent et Ponte-Corvo, a continué ses opérations dans une partie de la terre de Labour.

Le neveu du cardinal Pacca n'a pu réussir à détacher les Romains du siége papal, et il a cherché son salut dans la fuite.

Ce sont ces trois *organisateurs* en chef que le comité des carbonari avait choisis pour mettre le désordre dans les états d'Italie.

Florestan Pépé, à la nouvelle que les troupes autrichiennes, au nombre de cent mille hommes, se sont mises en marche pour tenir *garnison* dans les états romains, a pris le parti de se faire donner, par le roi de Naples, une commission pour se rendre à Messine. Les rebelles fuient devant la justice qui approche.

Pépé n'a pu entrer dans Messine avec ses voltigeurs; la Sicile ne veut pas reconnaître, comme ayant une autorité légale, les brigands qui ont révolutionné Naples, et les *indépendans* ont menacé de couler la frégate qu'ils montaient, s'ils tenaient la mer. Revenu à Naples, il a entendu un *houra* général contre lui et son frère ; ses soldats ont déserté ses drapeaux et se sont jetés dans les troupes royales, indignées de voir les faveurs et les décorations passer au camp des insurrectionnaires. Le duc de Palerme a été envoyé vers le général Frimont, commandant en chef les troupes autrichiennes, pour *capituler*. Le général a répondu qu'il avait ordre d'entrer dans Naples, d'y rétablir le *statu quò*, et qu'il remplirait sa mission. Messine, Catane, etc., se sont déclarées indépendantes. Dans cette dernière ville il y a eu un pillage affreux et un massacre horrible; bref, la Sicile s'est détachée de Naples, et les royalistes n'ont secondé l'indépendance que comme un moyen de salut. Les chefs de la révolution ne sont plus que des juifs errans cherchant la France pour y demander l'hospitalité et des secours annuels, comme des réfugiés chassés de leur pays *par des tyrans*, soit au gouvernement si généreux envers les *Joséphins*, soit à la caisse libérale, si humaine envers les victimes de *l'arbitraire*.

M. Valiante a proposé le sacrifice de ses petites républiques au juste courroux du Pape, à condition qu'il obtiendrait le pardon de son

crime; mais Sa Sainteté a repoussé les propositions d'un rebelle.

Les anciens ministres constitutionnels de l'usurpateur Murat, aujourd'hui ministres du roi légitime de Naples, ont envoyé l'ordre aux ambassadeurs près les cours étrangères de prêter serment
de fidélité *aux cortès.* Aucuns n'ont voulu reconnaître une autorité usurpée; ils ont tous refusé
le serment

Le prince Carioti , envoyé extraordinaire
près la cour de Vienne, est reparti avec ses dé-
pêches, que cette cour n'a pas voulu recevoir.
Le comte Pignatelli ayant eu pareille mission
auprès de la cour de France, et connaissant la
mauvaise réception faite à son collègue par le
ministère d'Autriche, n'a pas cru devoir se rendre
à Paris.

On a proposé à quelques - uns des ambassadeurs, par exemple, à celui de Paris, d'aller à
Madrid; à celui de Londres d'aller à St.-Péters-
bourg, etc.; aucuns n'ont adhéré à ces insidieuses
propositions.

Les ambassadeurs des puissances étrangères
près la cour de Naples ont reçu la défense d'en-
tretenir avec elle aucunes communications diplo-
matiques jusqu'à nouveaux ordres.

La révolution de Naples, au moment même
où elle sort de son berceau ensanglanté, ne peut
donc pas franchir les barrières du royaume.

Les fabricateurs de constitutions, en résidence
à Naples, ont tellement peur que leurs princes
ne recouvrent leur liberté, pour secouer le joug
des cortès, que dernièrement le roi de Naples,
allant comme d'habitude pêcher à la ligne sur

le bord de la mer, fut obligé de renoncer à cette
légère jouissance, parce que ses surveillans, aper-
cevant une frégate devant Naples, crurent qu'elle
allait cingler vers le port pour l'enlever.... Par
ce seul trait on peut juger de la terreur qui les
a saisis! D'autres faits, qui se succèdent avec rapidité, les ont frappés d'une frayeur qui les tient
entre la vie et la mort. Les bandes des troupes
royalistes viennent de se réunir près Conza, sous
le commandement d'un prince qui n'a pas prêté
serment à la constitution, et les campagnards
leur fournissent des vivres et des armes aux cris
de *vive notre roi!*

L'arrivée des armées autrichiennes dans les
états soumis à l'émpereur, et dans ceux appartenant au Pape, où elles sont entrées le 24 août,
ne leur annonce rien que de sinistre.

Les provisions qu'on apporte dans les magasins d'Ancône ; la marche de la gendarmerie
pontificale, conjointement avec des partis de
Tyroliens et d'Hongrois vers Bénévent, Ponte-
Corvo ; les expéditions militaires qui se font
dans la Calabre, l'Abruzze; les arrestations des
carbonari marquans, dans les provinces ita-
lico-autrichiennes, sont considérées, avec raison,
comme les avant-coureurs d'une contre-révolution dans Naples.

Les *constitutionnels* de France ne redoutent
point l'issue d'une guerre que les étrangers ap-
porteraient aux cent mille hommes de la milice
nationale, levés au clairon de la liberté; mais
ces cent mille hommes, qui n'existent que sur
leurs journaux, ne sont point jaloux de se battre
contre l'armée des *tyrans;* et déjà même les

Brutus de Naples ont frêté des bâtimens pour les porter au - delà des mers, au moment que les hérauts d'armes proclameront le manifeste d'hostilités.

La guerre est inévitable; ou bien le roi de Naples, rendu à la liberté et rentré dans la plénitude de ses droits, abjurera les principes du libéralisme, et fera justice des principaux chefs du crime de régicide.

Dans tous les cas, il faut bien penser que le ministère d'Autriche ne fera pas dans Naples la faute qu'a commise le ministère anglais lors de l'expédition de lord Exmouth contre Alger.

C'est le germe du mal qu'il faut détruire. Que les Menichino, les Pépé, les Filiangeri, les Gallo, etc., principaux auteurs de la révolte, paient de leur tête l'exécrable forfait qu'ils ont commis, et que la race des carbonari soit transplantée d'Italie, soit en Sibérie, soit à Botany-Bay, soit à Ste.-Hélène; il faut en purger la partie du continent qu'elle a déjà arrosée du sang du juste. Les athées finiront alors par reconnaître qu'*il est un Dieu vengeur*.

Pendant que les *Quiroga* et les Pépé frappent la royauté dans l'Espagne et dans Naples, le grand comité de France fait un nouvel essai de son plan de conspiration civile dans Paris.

Les rassemblemens des jeunes gens autour du palais Bourbon, dans les premiers jours de juin, avaient été préparés de longue main; et les tentatives faites plus tard d'y associer les faubourgs, étaient le résultat d'un plan combiné d'avance, et modifié selon les circonstances.

La discussion sur le nouveau projet de loi relatif aux élections n'a servi que de prétexte aux mouvemens des jeunes insensés qui ont été appelés sur le champ de bataille.

Ces malheureux jeunes gens auraient dû s'apercevoir, dès le lendemain de leurs premiers exploits, qu'il s'était mêlé dans leurs rangs des *septembriseurs* et beaucoup de gens mal minés, qui devaient être étrangers aux matières de législation ; et qu'on avait dit à ceux-ci de répéter, plus haut qu'eux, cette effrayante menace que les députés de l'extrême gauche avaent faite souvent à la tribune : « Si la loi est acceptée par la Chambre, les départemens sauront bien la rejeter. »

L'historique des événemens de ce mois est longuement écrite dans le Moniteur du 20 juin ; je me contente de dire ici, avec son rédacteur officiel : « Ces désordres, qui ont été commencés par des élèves de l'école de droit et finis par la populace, ont, pour ainsi dire, réuni en quelques jours les deux phases principales de notre révolution. Entre *les* premiers rassemblemens du Palais-Bourbon, où les esprits s'exaltaient pour des idées spéculatives, et les attroupemens de la porte Saint-Martin, où des hommes du peuple, armés de bâtons, vociféraient contre la force publique et convoitaient l'or des boutiques, *il y a la même distance qu'entre* 1789 *et* 93. La brusque rapidité avec laquelle ces deux mouvemens se sont succédés, prouvent que ni l'un ni l'autre n'avaient de racines dans l'état actuel des choses. *Tous deux ont été fomentés, les moyens ainsi que les instrumens ont seuls différé.* »

Par qui ces mouvemens ont-ils été fomentés ? MM. Courvoisier, de Cazes, nous avaient parlé, il y a quelque temps, d'un grand comité directeur siégeant à Paris, et communiquant avec des petits comités établis dans les départemens.

Ces comités sont une faction dans l'état ; et si, à l'exemple du conventionnel Legendre, qui alla prendre la clé de la porte des jacobins, et les chassa de leur antre, le ministère avait saisi leurs statuts, leurs correspondances, pour les soumettre aux tribunaux, ils auraient rompu leurs liens d'associations, et le mal n'aurait pas grandi.

Il existe parmi nous, a dit M. de Serres, des partis, et malheureusement des *factions*. Il a indiqué la publication d'articles de journaux et des discours de députés qui ont fait des appels continus à la multitude, de véritables provocations à la révolte, à la jeunesse qu'on excitait à la défense de nos droits, de notre Charte, de nos libertés qu'on prétendait menacées. L'instruction sera faite, a-t-il ajouté, et l'on trouvera, à la tête de cette jeunesse, les hommes les plus ardens, et entre autres des écrivains de parti.

De l'aveu de M. de Serres, confirmé par la notoriété publique, il existe une faction (1) composée en partie de la Chambre des députés, et de certains folliculaires.

Les tribunaux ont signalé cette faction.

Les députés sont les cinquante-un qui ont signé le premier prospectus de la souscription nationale. Les journalistes sont ceux qui l'ont

____

(1) Le ministre a dit : Deux factions. Il n'a pas sans doute appelé *faction* le peuple royaliste qui vit sous un roi.

rendu public avec son supplément et des ré-flexions séditieuses.

Les débats ont indiqué, parmi les cinquante-un députés, MM. Lafitte, Manuel, Benjamin Constant, Dupont (de l'Eure), Bignon, Ké-ratry, Voyer-d'Argenson, Chauvelin, etc.

Leur titre d'inviolable pendant la session, et six semaines après la session, paraît avoir été un obstacle à ce que les magistrats les amenassent à la barre de la Cour d'assises.

Les journalistes avaient soutenu que ces si-gnataires devaient être poursuivis comme eux, pour rendre leur défense commune ; ils ont été déboutés de ce moyen préjudiciel : ils se sont pourvus en cassation contre l'arrêt.

La Cour, retenant la cause, nonobstant le pourvoi, a condamné les journalistes à l'amende et à l'emprisonnement; et ils se sont encore pourvus en cassation contre cet arrêt.

Mais l'arrêt porte que le jury a déclaré que l'écrit contenait une désobéissance à la loi ; il préjuge donc, à l'égard des signataires qui l'ont fait dans leur club ambulant, qu'ils sont coupables d'avoir provoqué à la désobéissance à la loi.

Je ne parlerai pas de l'inconcevable inaction de la Cour de cassation, qui, aux termes de la loi de mai dernier sur les abus de la presse, devant connaître des pourvois relatifs à ces matières, toutes affaires cessantes, n'a pas encore prononcé sur ces pourvois ayant plus de trois mois de date.

Mais je dirai que, si après les six semaines de la clôture de la session des Chambres, les signa-taires du prospectus jugé séditieux, ne sont pas traduits devant leurs juges, ce sera une faiblesse condamnable.

Si maintenant je rattache les noms de ces cinquante-et-un députés, déjà prévenus d'être des factieux par cet arrêt solennel, à ceux des députés que la Minerve et les Lettres normandes ont dit faire partie du comité, tenant ses séances secrètes, tantôt dans une maison, tantôt dans une autre; et si enfin ces députés signataires du prospectus, et ces députés membres du comité délibérant, sont en partie les mêmes personnes qui ont voté la protestation du 2 juillet, on connaîtra les noms de cette faction indiquée par M. de Serres; et comme cette faction ne veut point de *maître imposé*, ne veut point de Charte autre que celle octroyée par le peuple au maître qu'il se donne; comme, pour reconquérir l'*indépendance nationale*, elle a fait un appel à la génération présente, il est hors de doute que la jeunesse, *agissante* en juin dernier, a obéi à son appel, et que le mouvement n'a eu lieu que pour rejeter le *maître imposé*, et faire une constitution populaire.

C'est donc une conspiration civile contre le Roi légitime, contre la Charte octroyée par S. M., contre nos institutions, qui a été essayée en juin dernier.

L'instruction qui se fait, en ce moment, contre les vingt-huit jeunes gens qui sont prévenus d'avoir pris une part plus ou moins active à cette conspiration, ne pèse donc que sur de prétendus complices.

Maintenant ce sont les chefs de cette conspiration que les magistrats doivent poursuivre, puisqu'ils sont connus, et je dirais presque jugés : ou bien leur inaction, qui ne pourrait être commandée que par le ministère, jetterait sur les ministres plus que des soupçons d'une fatale indulgence.

Il est vrai qu'il y a long-temps que l'on a appliqué au ministère actuel cette pensée de Swift :

« La science est comme le mercure, dangereuse dans des mains inhabiles, utile dans celles qui sont adroites...... »

Les factions, ordinairement composées d'ambitieux et de dupes, ne sont fortes que de la faiblesse des gouvernans.

J'ai demandé, disait hautement dans un lieu public un citoyen de l'île d'Elbe, à un bureau de loterie, un extrait déterminé ; le buraliste m'a conseillé de prendre le n.º 18, qui devait bientôt sortir ; j'ai mis un napoléon dessus.

J'ai quitté mes flèches légères, disait un journaliste, ex-rédacteur du *Nain jaune*, et j'ai pris le poignard du conspirateur.

On joue au roi dépouillé, on joue au ministère-girouette ; bientôt on se propose de jouer à leur tête.

A ces atroces plaisanteries, on joint l'action du crime.

Le ministère semble ignorer qu'il ne suffit pas de surveiller les factions, mais qu'il faut les détruire tout en réparant le mal qu'elles ont fait.

Si, quelquefois, elles passent comme les orages, toujours elles laissent des plaies douloureuses qu'il faut guérir.

Si plusieurs de nos ministres n'ont pas le courage des hommes de bien, de ce Codrus qui

mourut précipité dans un abyme ; de ce Lycur-
gue, qui eut l'œil crevé par les débauchés de
Sparte que contrariaient ses lois sévères, et
mourut en exil ; de ces Phocion et Socrate qui
burent la ciguë, qu'ils remettent au plus tôt leurs
porte-feuilles au Roi, contre la vie de qui, per-
sonnellement, une grande et vaste conspiration
est dirigée.

Les royalistes sont debout ; mais ils désireraient
que des ministres, que le *passé ne fait point
rougir*, dont les sermens sont la divinité, dont
les paroles sont la vérité, fussent admis au conseil du Roi, à qui ils ont toujours offert jusqu'à
la dernière goutte de leur sang pour la défense
de sa personne sacrée.

Des hommes purs peuvent seuls, dans la
fausse position où la monarchie est placée, par-
courir la carrière ministérielle avec énergie (1).

---

(1) Il faut dissoudre le ministère actuel (sauf à y replacer M. le duc de Richelieu et M. Latour-Maubourg).
Ce ministère est dévoué à la famille royale ; mais d'anciens souvenirs, le système de faire garder un corps de
réserve dans la Chambre, pour l'opposer à une majorité
monarchique ; les promenades qu'il fait faire aux préfets
de M. de Cazes, d'un département dans un autre ; sa
profession de foi sur un régime *d'égalité;* son isolement
des royalistes, dont il a appelé les secours ; son tâtonnement à prendre un parti salutaire dans une circonstance
aussi critique, sont loin de lui conquérir une confiance
générale.
Il faudrait dissoudre ensuite la Chambre actuelle pour n'y
plus revoir ces fougueux orateurs, dont les discours spé-
culatifs ont soufflé la discorde et l'insurrection dans la
France et à l'étranger, et ils n'y reviendront pas, si les
nouveaux ministres font un appel aux électeurs de la
Chambre introuvable.
Au besoin, comme la France est placée entre l'Espagne

Il faut presque un miracle pour que la couronne de France ceigne long-temps la tête d'un Bourbon, tant il y a de méchans qui conspirent contre la légitimité.

Ce miracle, il s'opérera par un seul mot d'un ministère franchement royaliste, énergiquement sage, et offrant la garantie ou plutôt la solidarité d'une défense commune.

Le ministère actuel dort, le bruit d'une conspiration militaire l'éveille. — Quels sont les ministres qui l'ont prévue, connue? Aucuns ne répondent.

Formée sous le ministère de MM. de Cazes, Gouvion-St.-Cyr et Dessolles, elle s'exécutesous le ministère de MM. Siméon, de Serres et Roy.

A quoi sert donc une police civile en France? Elle voit que le sabre est employé à faire des constitutions en Espagne, à Naples, et elle ne surveille pas le militaire en France!

Par le fait seul que M. le maréchal Gouvion-St.-Cyr, qui a fait entrer dans l'armée tant d'officiers à demi-solde, dont les opinions ne sont rien moins que monarchiques, a été obligé de remettre son porte-feuille au Roi; la police devait observer leurs mouvemens, leurs fréquentations; rechercher les sources d'où provenait ce métal corrupteur dont ils s'étaient enrichis en si peu de temps; s'informer des causes qui les rendaient si familiers avec le soldat; les poursuivre

---

et Naples insurgées, et les états allemands et russes maintenant sur pied de guerre, pour détruire le *mal français*, l'art. 14 de la Charte devrait servir de base aux *moyens extrémes*, indispensables pour couper la tête et la queue de l'hydre révolutionnaire.

jusque sur les tables des restaurateurs, où des *libéraux* leur offraient des dîners, largement arrosés par des vins de Champagne.

La police civile dira-t-elle qu'elle n'est pas tenue de s'introduire dans les casernes ? — Ce n'est pas dans les casernes que les officiers conféraient, dînaient, complotaient avec des libéraux, mais bien chez les traiteurs, dans les cafés, dans les promenades publiques.

Dira-t-elle encore qu'elle ne connaissait pas toutes ces particularités ? — Depuis deux mois, des hommes étrangers à la police en avaient une parfaite connaissance.

Dira-t-elle enfin que ces étrangers n'ont pas fait leur devoir, puisqu'ils ne l'ont pas avertie ?

On lui répondra que les amis du trône n'ont pas confiance dans une police qui n'est que l'ombre de celle de M. de Cazes, et que les personnes qui ont été liées avec cet ex-ministre leur sont suspectes.

Dans une lettre adressée à M. Anglès par M. Treverret, ex-chef, adjoint à l'une des divisions de la police, on signale un personnage qui, adjoint à M. le duc de Richelieu, plénipotentiaire près le congrès d'Aix-la-Chapelle, transmettait à M. de Cazes ce qui se passait à ce congrès : à la manière dont ce fait est rapporté, il paraîtrait que ce *personnage* ne s'est pas conduit comme il le devait, et que ce sont ses révélations qui ont opéré un changement dans le ministère dont M. de Cazes a été nommé président.

Ce *personnage* a remplacé M. de Cazes dans une partie des attributions dévolues au ministère de la police ; il a conservé dans ses bureaux se-

crets ses intimes confidens, et leur a même
adjoint l'un de ses plus alertes coureurs, qui est
resté long-temps dans l'Angleterre avec une
mission bien importante, si j'en juge par l'énor-
mité de son traitement.

Quant à l'antécédent, il ne rassure pas sur le
présent.

· Il y a lieu de croire que ce *personnage* est
aussi dévoué au Roi que l'a été son père; mais
la confiance ne se commande point, elle se donne,
et pour qu'on la mérite il ne faut pas accréditer
cette calomnie de la faction : « Qu'il y a un gouvernement occulte dans le château..»

M. le comte Anglès n'était pas, à la vérité,
connu par M. de Cazes, quand il n'était encore
que chevalier, maître des requêtes, chargé de la
police dans les Apennins, l'Arno, la Doire, etc.,
et quand il reçut l'ordre de se saisir militairement
du pape pour l'amener en France, et de faire recherche des conspirations bourbonniennes contre
l'empereur Buonaparte.

Mais, devenu préfet de police sous le ministère de M. de Cazes, il n'a été que le très-hum-
ble exécuteur de son pouvoir arbitraire. Quant
à moi, j'ai la preuve que sa main était toujours
prête à signer des ordres pour violer nuitam-
ment le domicile, et pour jeter et détenir dans
les cachots un zélé défenseur du trône, *jusqu'à
ce qu'il en ait autrement ordonné* (1).

---

(1) *Le Constitutionnel*, dans son N° du 7 octobre 1819,
a fait la critique la plus piquante de l'administration de
la police, en disant : « M. le comte Anglès, préfet de

Je connais ses principaux coadjuteurs, surtout un révolutionnaire de bon acabit, toujours

---

police, est depuis trois semaines à Roanne-en-Forez. —
Jamais Paris n'a joui d'une plus *grande* tranquillité. »

M. Clausel de Coussergues, en rendant compte de ma
détention dans son ouvrage, a dit que j'avais été arrêté et
détenu en vertu de la loi d'octobre 1815, sur la liberté in-
dividuelle. — L'interrogatoire que m'a fait subir M. Fleuriais, employé à la Préfecture, en sa qualité de *délégué*
du préfet, et maintenant commissaire de police, n'a roulé
que sur la publicité d'une brochure anonyme (royaliste),
dont je n'étais point l'auteur, et dont l'auteur et l'impri-
meur étaient connus par M. de Cazes avant mon arrestation, ainsi que me l'a déclaré depuis M. S....... (commissaire en cette partie). L'écrou de ma personne, tant à la
conciergerie de la salle Saint-Martin, qu'à celles de la
Force et de Sainte-Pélagie, jusqu'au 12 mars 1817, porte:
Détenu jusqu'à nouvel ordre.

Mon arrestation et ma détention arbitraire, dont M. Anglès *supportera*, UN JOUR, la *responsabilité*, n'avaient,
en apparence, que le motif secret dont l'énigme est dans
l'extrait de la lettre suivante, adressée *directement* à
M. Anglès :

« 9 novembre 1816, au secret, dans la salle St.-Martin.

« M. le préfet, je ne sais si c'est par sa propre impulsion
que M. Fleuriais m'a fait hier soir une proposition insi-
dieuse. Il m'a dit d'écrire à M. de Cazes ; je vous écris pour
tous deux.

« Suivant lui, j'ai de l'influence au château, et je
cherche à y faire tomber le crédit de M. de Cazes. Si vous
voulez sortir d'ici, a-t-il ajouté, recommandez M. de
Cazes comme BON royaliste au pavillon....

« C'est une erreur. Je n'ai et ne peux avoir aucune influence nulle part. Mais si M. de Cazes croit que je puis
quelque chose pour lui, qu'il fasse une pétition, dans laquelle il justifiera de ses droits à la confiance des membres
de la famille royale ; si ces droits me paraissent incontes-
tables, j'HONORERAI sa demande de MON APOSTILLE. » —
Cette mystification manqua de faire perdre la place occupée par M. Fleuriais, qui me fit descendre le lendemain
dans la chambre des inspecteurs-généraux de police, pour

monté à la tribune des Jacobins, en 1792, pour hurler des déclamations horribles contre les Bourbons; témoin officieux contre la reine, au tribunal révolutionnaire, et chargé aujourd'hui d'insinuer dans les groupes publics que la conspiration militaire contre le trône a été faite par les royalistes.

De bonne foi, peut-on bien blâmer le scrupule d'un homme d'honneur qui, obligé de révéler les mille et une trames qui s'ourdissent contre la famille des Bourbons et la monarchie, ne fait pas son devoir, parce qu'il a honte de se présenter devant les impériaux qui font la police royale?

Il faut donc que la police civile, qui coûte si cher à l'état, ne voie que par ses yeux, n'apprenne que par elle-même...? Je le sens: la chose publique exige tous les sacrifices possibles; mais aussi, si l'homme d'honneur ne remplit pas son devoir, c'est parce que le ministère n'a pas fait le sien.

---

me faire part des désagrémens que ma lettre lui faisait éprouver.

M. Anglès doit se rappeler que quand il m'a fait sortir et *amener* par l'un de ses inspecteurs dans son cabinet, de la maison de santé où j'étais détenu, le 25 mai, à quatre heures après midi, pour me faire part de la décision du conseil des ministres, du 21, et d'une lettre de M. de Cazes, dans laquelle ce petit-maître disait : « Représentez à M. Robert qu'il doit renoncer à fréquentér ses sociétés *honorables*, mais *dangereuses.*» J'exigeai la copie d'une lettre aussi niaise que plate : il me la refusa. Voyant mon obstination, accompagnée de la plus vive indignation, à prendre moi-même cette copie, il crut modérer le sentiment qui m'échauffait, en m'observant qu'il m'*avait vu* à Gand. Je lui dis : Vous avez pu m'y *rencontrer;* mais m'y *voir,* NON.

Le ministre de la guerre a aussi sa police, et ce n'est point non plus par ses soins que la conspiration a été découverte. Les bureaux de M. de Latour-Maubourg, homme d'honneur, sont exploités, en grande partie, par des commis encroûtés d'impérialisme, qui traitent d'étrangers tous les émigrés, avec une insolence difficile à supporter; et certes, si un nouveau 20 mars replaçait la France sous le joug odieux d'un Buonaparte, nous aurions le double chagrin de revoir les bureaucrates rire de nos malheurs publics.

L'excellent esprit, celui de conservation, est dans le peuple, dans le soldat et dans les officiers de la patrie, réunis franchement à ceux du Roi, dans l'auguste personne de qui ils ne voient plus maintenant que la royauté et l'état.

Ces militaires pourront prêter l'oreille à des propositions criminelles, mais en même temps ils armeront leurs bras contre les conspirateurs.

M. Latour-Maubourg n'a connu les premiers élémens de la conspiration militaire que par M. le baron Druault, colonel du 2e. régiment de la garde royale (infanterie).

Voici les faits. Le capitaine d'une compagnie de légion, en garnison à Paris, se présente à la caserne de ce régiment, et demande à parler à un capitaine. Il s'adresse au sergent-major, M. Petit, qui lui dit : Ce capitaine est absent. La conversation s'engage entre ces deux militaires; et M. Petit ne tarde pas à reconnaître que son interlocuteur n'est qu'un embaucheur pour la famille Buonaparte. Il paraît être un homme facile à corrompre. Les rendez-vous sont donnés.

Cet honnête sergent prend les ordres de son colonel. L'embaucheur donne au sergent une idée
de la conspiration militaire ; une place de capitaine lui est promise ; 5oo fr. lui sont offerts et
comptés comme un à-compte sur le traitement de
son grade futur. On s'est assuré, dit le recruteur,
des braves qui doivent commencer par assassiner
le Roi et ensuite tous les membres de la famille
royale, au moment d'une attaque à main armée sur le château. L'armée proclamera Napoléon II, et la révolution sera faite.

Le sergent écoute, refuse les 5oo francs, et
feint d'agréer les autres propositions.

Pareilles communications sont faites à un autre
sergent de la même garde, M. Vidal, qui con-
tient son indignation, mais paraît entrer dans
les vues de l'embaucheur.

M. Druault est informé, jour par jour, des
progrès de cette négociation, et en instruit
M. Latour-Maubourg.

D'autres corrupteurs s'attachent à deux officiers de la légion du Nord, et se flattent de les
avoir enrôlés dans l'armée de la conjuration.

Ces deux officiers donnent avis des criminelles
propositions qui leur sont adressées à leur colonel, qui en rend un compte fidèle au ministre.

Le ministre informe S. M. des rapports qu'il
a reçus; et les colonels de tous les régimens reçoivent l'ordre d'exercer une surveillance sé-
vère, non pas sur le soldat, parce qu'il n'est jamais traître à son serment, mais sur ceux des
officiers placés par M. le maréchal Gouvion-
Saint-Cyr, dont l'attachement à l'ordre actuel
des choses est plus qu'équivoque.

Des rapports se succèdent rapidement, et le ministre ne tarde pas à avoir la preuve qu'une conjuration militaire est formée dans Paris, qu'elle a des ramifications dans les autres divisions, et qu'il est plus prudent de l'arrêter dès sa naissance, que de se défendre contre son exécution.

Pendant qu'il délibère sur les moyens de défense, il reçoit le plan de la conjuration, les noms de ses exécuteurs en sous-ordre, et il va agir.

Cette conjuration ne devait éclater que le 24 août, à dix heures du soir; mais dans la crainte que des indiscrétions n'en donnassent connaissance à l'autorité, son exécution est fixée au 20.

Les chefs du complot avaient distribué des sommes considérables; ils avaient envoyé des émissaires à Cambrai, à Epinal, et dans beaucoup de villes où les légions tiennent garnison, pour associer à leur coupable entreprise des officiers, et surtout des adjudans-sous-officiers.

Dans Paris, ils avaient débauché quelques capitaines, lieutenans, et un capitaine adjudant-major, du 2.ᵉ régiment de la garde royale; des capitaines, sous-lieutenans, et des adjudans-sous-officiers de la légion de la Meurthe; des capitaines, lieutenans, sous-lieutenans, un sergent-major, et des adjudans-sous-officiers de la légion du Nord, etc.

Il paraît qu'ils étaient parvenus à corrompre un employé à l'état-major de la place de Paris, place Louis XV, pour avoir communication de tout ce qui pourrait être fait contre l'exécution de leur plan, et contre leur propre personne,

A dix heures du soir, les sous-conspirateurs
devaient assassiner leurs colonels, et les remplacer par des officiers pris dans leur association,
pour conduire les soldats au château.

Réunis sans doute aux conspirateurs civils,
leurs auxiliaires, un parti devait entrer par la
grande porte du Musée, pénétrer dans le grand
salon d'exposition; ouvrir, avec une clef dont il
était porteur, la porte qui communique sur le
carré de la chambre des gentilshommes du Roi;
monter le grand escalier, gagner le corridor
noir, tuer le premier valet-de-chambre, entrer
dans la chambre du Roi, le massacrer.

Pendant ce temps un autre parti devait se porter dans la cour du Carrousel, dont les grilles auraient été ouvertes par des officiers affidés, en service; se porter, à main armée, dans le pavillon
Marsan, et là, égorger toute la famille royale.

Il comptait éprouver, sur ce point, une forte
résistance.

Dans ce cas, les gardes-du-corps de service
portaient, par la chapelle, des secours au pavillon Marsan, ou tiraient, des croisées du château, sur les assaillans.

Ils avaient alors sur leurs derrières le parti entré
par le Louvre, et occupant de suite les salons
Bleu, de Diane, et la salle des Maréchaux, dont
une fraction descendait dans les appartemens de
monseigneur le duc d'Angoulême et de *Madame*,
pour les massacrer.

Les maréchaux de France, les majors-géné-
raux, les capitaines, les gentilshommes de service, et plusieurs personnages distingués, dont
les noms sont inscrits sur une liste de proscrip-

tion trouvée, dit-on, dans les papiers de l'un des conjurés, étaient tous égorgés.

A Vincennes, M. de Trogoff, adjudant-major, jeune homme de bonne famille, loyalement royaliste, ayant suivi le Roi à Gand, nouvellement marié, mais ayant des passions vives qui le tenaient souvent dans un besoin extrême, a eu le malheur de céder à la tentation de l'argent corrupteur; et c'est lui qui, ce jour-là même, est retourné de Paris à son poste, dans Vincennes, pour en ouvrir les portes à la légion destinée à s'emparer de cette place forte, et des richesses militaires qu'elle renferme.

On a dit que le feu avait été mis à l'un des bâtimens de Vincennes, pour que les troupes de la garde royale, des légions, et les Suisses, se portassent dans ce village, afin de laisser ouvert l'entrée du château aux conjurés.

Le fait n'est pas exact : il est bien vrai que le feu a pris, vers deux heures, dans une chambre; mais c'était dans une chambre où l'on préparait l'artifice qui doit être donné à Paris, le jour de l'accouchement de l'infortunée et héroïque duchesse de Berri, si la Providence donne un prince aux Français; mais ce malheur n'est que l'effet d'une imprudence. Un ouvrier artificier, malgré les défenses qui lui en avaient été faites, a battu de la poudre, qui s'est enflammée, et a produit une légère explosion; heureusement trois canonniers sont arrivés, ont jeté par les croisées trois barils de poudre, chacun de cent livres, qui étaient à côté d'une pièce voisine, et le feu n'a pas détruit le formidable château de Vincennes.

M. de Juigné, colonel de la Seine, en garnison à Cambrai, avait invité un ancien officier de la garde royale, maintenant chef de l'un des trois bataillons, de surveiller la conduite des officiers. Ce chef de bataillon acquit bientôt la connaissance que des officiers conspiraient, que ces conspirateurs devaient porter des schakos, quand ils entreraient le soir dans les casernes, pour éveiller et faire marcher le soldat.

Il fut informé qu'on avait publié le 18, dans les casernes, que le Roi était mort, et que la légion allait se rendre à Paris pour y tenir garnison : il sut que, dans la nuit du 18 au 20, les officiers conspirateurs devaient mettre les soldats en marche sur Paris; il s'embusqua derrière une porte avec des braves, et arrêta chaque officier qui entrait avec un schakos. C'est de cette manière que quatre à cinq de ces conjurés ont été pris; les autres se sont enfuis.

Quelques jours avant, M. de Juigné avait écrit au ministre qu'il ne pouvait répondre que des officiers nommés lors de la formation de la légion, et qu'il doutait de la fidélité de tous ceux qui avaient été placés par M. Gouvion dans le 3e. bataillon que cet ex-ministre avait formé à cet effet. Ce sont ces derniers seulement qui sont prévenus de conspiration.

Quant au capitaine Thévenin, M. Latour-Maubourg l'avait renvoyé du régiment il y a plusieurs mois, et il ne faisait plus partie du corps.

La légion de la Seine a un dépôt dans Paris; tous les officiers, excepté quatre, sont arrêtés ou en fuite.

Je reviens au plan de la conspiration. Le mas-

sacre de la famille royale et des personnes pros-
crites une fois consommé, il surgissait un nouvel
Excelmans qui arborait le drapeau tricolore
sur les Tuileries ; un héraut d'armes proclamait
Napoléon II, sous la régence de Marie-Louise,
dont les conseils étaient sans doute près du
château et cachés dans quelques hôtels voisins,
pour prendre possession du nouveau gouvernement : comme M. Maret, ex-duc de Bassano,
se trouvait *incognito* dans un hôtel près la place
Vendôme, quinze jours avant le 20 mars, pour
s'emparer des sceaux de la secrétairerie d'état,
au jour de la rentrée de Buonaparte dans Paris.

Les représentans des cent jours étaient reconnus comme seuls députés du peuple depuis 1815 ; ils reprenaient les chaires curules.

La chambres des pairs de 1815 rentrait dans
l'exercice de ses fonctions.

Quant aux préfets, sous-préfets, maires et
agens de police, on les confirmait dans leurs
places. En effet, pouvait-on donner des hommes
plus dévoués que la plupart d'entre eux au gouvernement impérial recréé ?

Les anciens conjurés devaient avoir un délai
de vingt-quatre heures pour sortir de Paris, et
celui d'un mois pour quitter à jamais la France.

Tels sont les faits que j'ai recueillis, et dont
l'instruction judiciaire pourra relever les erreurs.

Les moyens de *préventions* employés contre
les conspirateurs ont été simples et sages. A dix
heures du soir, les colonels de tous les régimens
qui sont à Paris ont mis sur pied leurs officiers
et soldats. « Il y a des traîtres parmi nous, ont-
ils dit ; ces traîtres ont fait courir le bruit que le

Roi était mort, et à la faveur de cette fausse nouvelle ils voulaient conduire votre corps au château,
non pas pour jeter des larmes sur le cercueil du
prince à qui votre conscience a promis fidélité,
et pour prêter serment au successeur légitime,
mais pour que vos baïonnettes servissent de poignards, ou protégeassent les mains parricides des
bourreaux dirigées contre le sein de votre Roi,
de son auguste famille, de leurs serviteurs fidèles..
Plusieurs de ces traîtres sont connus; soldats,
arrêtez-les, ils sont indignes de vous commander.
Je les nomme : ce sont...... »

L'indignation saisit chaque corps de troupes,
qui se jeta sur les traîtres et les conduisit dans les
prisons.

Dans la légion de la Meurthe, le capitaine
Nantil, prévenu d'être l'un des principaux em-
baucheurs, des sous-caissiers de la conspiration,
était absent de la caserne. Il n'a pu être arrêté;
il est en fuite, mais il n'a pas enlevé son trésor,
ni ses papiers.

Cette légion, dont le soldat avait été enivré,
a reçu l'ordre de sortir de Paris à une heure du
matin; à quatre heures, elle était hors des barrières.

M. de Villars-Laugier, son colonel, a été remplacé par M. le baron Véron de Faraincourt,
lieutenant-colonel du 6e. régiment de la garde
royale, parce qu'il n'a pas exercé une surveillance active sur les officiers de ce corps, dont
plusieurs lui avaient été indiqués, par le ministère de la guerre lui-même, comme entretenant
des relations suspectes avec les ennemis de la
légitimité, et maintenant prévenus de partici-

pation à la conjuration. M. de Faraincourt a préféré garder son rang dans la garde royale, et M. de Villars, justifié, conserve sa place.

A Vincennes, le capitaine - adjudant major M. de Trogoff, a été arrêté à dix heures du soir.

Le ministre de la guerre, activement aidé par M. le maréchal Marmont, major - général de service, avait eu la précaution d'appeler à Paris les corps qui en étaient peu éloignés, pour opposer une forte résistance à toute agression imprévue.

Il envoya un courrier à Ruel. Ce courrier choisit dans les écuries le cheval le mieux ferré ; il parcourt le chemin de Paris à ce village avec tant de célérité, qu'il arrive à la caserne des Suisses en moins de vingt minutes. Il ne restait pas un fer aux pieds de son cheval.

Quatre minutes après son arrivée, le régiment des Suisses est en route, arrive à Paris, et prend position dans la salle de l'orangerie sur la place du Carrousel, à deux heures sonnantes.

Le régiment a marché constamment au pas de charge.

M. Edmond· de Périgord, officier supérieur de la garde royale, est envoyé à Versailles, avec ordre de faire consigner le 2e. régiment des grenadiers à cheval, et le régiment d'infanterie de la garde royale, qui sont en garnison dans cette ville. Avant de partir, il indique l'hôtel de Guérin, où il restera pour recevoir les ordres ultérieurs. Il ne trouve pas un lit pour se reposer dans cet hôtel; il occupe un malheureux galetas.

A une heure du matin, il reçoit l'ordre de diriger sur Paris ces deux régimens, parmi lesquels on avait fait courir aussi le bruit de la mort du Roi, et à qui on fit part des projets des factieux.

L'infanterie marcha aussi vite que la cavalerie. Arrivés au Point du Jour, ces corps, répétant avec un transport que tous les cœurs partagent : Il est beau de vivre ou de mourir pour son Roi, reçoivent l'ordre de retourner à leurs casernes ; ils obéissent.

Misérables factieux, vous n'avez pas vu ces militaires dans leur marche rapide ! Animés du meilleur esprit, et mus par les sentimens d'amour que doit professer tout bon Français pour le service du Roi, ils avaient juré votre mort.

Dès ce moment, les sous-conjurés étaient amenés dans les prisons, et le calme avait succédé à l'inquiétude.

La justice recherche, en ce moment, les premiers fils de cette haute conspiration, dans lesquels sont enveloppés sans doute les bailleurs de fonds, les régicides cachés en France ; et si nous nous en rapportons aux premières espérances données par le ministère public à la Cour des pairs, ils seront inévitablement saisis.

Il paraît que la présence des officiers arrêtés est nécessaire à l'instruction qui a lieu contre les conspirateurs en chef ; autrement on demanderait pourquoi le gouve nement n'a pas renvoyé ces officiers devant de onseils de guerre ; pour les juger comme coupables d'avoir ébranlé la fidélité du militaire, et de l'avoir recruté, par argent, pour le service du plus farouche et du plus lâche ennemi de la légitimité et de la France (1).

Oh! M. le maréchal Gouvion-Saint-Cyr, si vous vous purgez devant les magistrats de la *faute* énorme d'avoir chassé de nos armées les officiers royalistes, pour les remplacer par des officiers toujours impériaux, et d'avoir, par cette injustice criante, exposé des têtes si chères au fer de vos protégés, comment vous justifierez-vous devant le tribunal redoutable de l'opinion

----

(1) M. Bellart, procureur-général et député, prenant les eaux dans la Bretagne, alla jusqu'à Brest pour voir le port. Il logea dans une auberge. Quelques jeunes gens, suivis de la plus crapuleuse multitude de l'endroit, vinrent sous ses fenêtres crier à bas le *neycide, l'assassin de Louvel!* Il pria le maire de faire cesser le trouble; le maire lui conseilla de sortir de la ville, comme mesure de prudence. Il fit pareille invitation au sous-préfet M. Lafond-Ladebat, qui lui donna semblable conseil; M. Bellart resta, alla voir les vaisseaux qui sont dans le port, au milieu de deux cents hommes (lie du peuple) qui l'injuriaient. Il entra dans quelques vaisseaux, accompagné d'un commandant de port qui rassembla des soldats de marine pour disperser les groupes tumultueux. Rentré chez lui, il requit le sous-préfet de le protéger contre ces aboyeurs de rues; celui-ci renouvela l'avis de quitter Brest. — Donnez-m'en l'ordre par écrit, dit M.Bellart.—M. Lafond ayant eu la lâcheté de le lui donner, M. Bellart est parti.

M. Bourdeau, procureur-général et député, est venu sur les lieux pour informer; il a été également insulté, aux cris d'*à bas le côté droit, vive l'extrême gauche, vive l'empereur!* M. Coutard, lieutenant-général de la division, est parti de Rennes, le 27 août, à la tête de trois régimens pour Brest, et le lieutenant-général marquis de Lauriston, pair de France, s'est rendu de Paris à Rennes. Il a une mission extraordinaire dans les douzième et treizième divisions militaires, tant comme lieutenant-général que comme membre du conseil des douze formé dans la Chambre des pairs.

publique, qui vous a traité de traître et de conspirateur, à l’heure même où vous avez dissous
une armée introuvable.

Le premier prévenu qui doit paraître sur
le banc des accusés, c’est vous, ex-ministre de
la guerre, qui avez placé des traîtres au milieu
des fidèles; c’est vous qui, par cette fusion,
sciemment fatale à l’ordre public, généralement
improuvée, avez organisé la conjuration.

N’aviez-vous pas acquis assez de droits à l’estime de ces sectes, *honteux enfans d’un monstre
obscène*, *la révolution française*, de ces fougueux Minerviens, vos thuriféraires, en déta-
chant de la couronne de France ses plus beaux
fleurons? Fallait-il encore que, pour mériter le
surnom de *grand* Gouvion que vous a donné
tant de fois la race impie, régicide, vous dé-
posassiez dans les mains des nouveaux Santerre,
des nouveaux Henriot, ces armes meurtrières
qui ont été dirigées le 10 août contre le meilleur des rois, contre la plus ancienne famille de
l’Europe?

Vous n’aviez pas promis sans doute, dans votre
audience particulière avec l’usurpateur Buonaparte, au château des Tuileries, de lui envoyer,
comme trophée de votre fidélité, les têtes des
Bourbons de France!....

Hélas! si le Roi n’avait pas choisi lui-même
M. de Latour-Maubourg pour remplacer le maréchal Gouvion-St.-Cyr au ministère de la
guerre, les têtes de nos princes rouleraient aujourd’hui dans des flots de sang, ou seraient portées par de nouveaux sapeurs *Rochet,* au bout
des piques, dans les rues; car le soldat, qui a

purifié son sabre dans les cendres d'Henri IV, trompé par des officiers perfides, n'aurait pas pu, peut-être, empêcher un massacre général.

Elle s'est donc encore confirmée cette pensée de Benoît XIV, que la Providence veillait à la destinée de la France. Car c'est la Providence qui a inspiré les sergens Petit et Vidal, révéla-teurs, et les deux officiers de la légion du Nord, également révélateurs; car c'est encore la Pro-vidence qui a inspiré le Roi quand il a retiré sa confiance au maréchal Gouvion pour la donner à M. Latour-Maubourg; car c'est encore la Pro-vidence qui a éloigné de la France le duc de Cazes, qui n'a pas voulu arracher des mains de Louvel ce poignard acéré qui a atteint le cœur de l'un de nos princes; car c'est encore la Providence qui, sans doute, avertit la monarchie de l'Europe de détruire un système d'opposition qui bouleverse l'Espagne, Naples, la Sicile, l'Italie, la France aus-si (1); de ne pas se laisser séduire par les prétextes

---

(1) On nous fait parvenir copie de la lettre suivante écrite par M. Capo-d'Istria au prince de Metternich (19 août).

« La révolte du soldat dans Naples, et la fermentation qui menace d'une explosion prochaine les états d'Italie, dont votre note du 6 août a transmis les détails, ont fait une vive impression sur l'ame de S. M. A la suite d'un conseil de ca-binet, S. M. m'a donné l'ordre de me rendre à Vienne pour le 5 (15) septembre, et prendre, avec vous, des mesures urgentes et indispensables pour arrêter la propagation du *mal français;* elle a invité, par un courrier de ce jour, S. M. le roi de Prusse à envoyer à Vienne, pour le même temps, un plénipotentiaire qui le représentera. Il faut es-pérer que la Sainte alliance remplira scrupuleusement les obligations qu'elle a contractées envers les rois, à qui une soldatesque effrénée a imposé des conditions. S M. approuve

spécieux dont le grand comité européen sait couvrir chaque nouvelle irruption contre l'ordre des choses, consacré par le temps ; de ne pas se laisser tromper par des sophismes assez plausibles d'hommes qui se servent du mot de liberté, comme d'un masque pour cacher les désastreux projets de leur ambition.

C'est enfin la Providence qui conseille, qui commande aux rois de former dans leurs états cette union ferme, indivisible, des amis de l'ordre, pour arrêter le torrent qui menace de les entraîner; et si, comme l'a dit le *Courier anglais*, on laisse pénétrer les eaux de l'anarchie et de la confusion, nous verrons d'abord un éboulement et puis un autre dans nos digues, et ces eaux finiront par acquérir la violence et l'impétuosité d'un torrent qui ensevelira toutes les anciennes traces de la civilisation, de la morale, des sciences, et de la liberté.

ROBERT, ancien Avocat,

Éditeur de la *Vie politique des députés de la Convention*, du *Projet d'acte d'accusation* contre M. de Cazes, de la *Conjuration permanente contre les Bourbons*, et de l'*Homme des Gibeaux*.

Au moment où je m'occupais de joindre à ma péroraison quelques réflexions sur l'assassinat de monseigneur le duc

----

les résolutions prises par le cabinet de Vienne, de faire occuper les états d'Espagne et de Naples par les troupes autrichiennes. Elles n'y rentreront qu'après avoir cooporé à l'extinction du germe révolutionnaire qui ravage une partie de l'Europe.

« Recevez, etc. »

de Berri, qui a eu la bonté de m'admettre un jour à son déjeûner frugal, dans la petite maison que le prince occupait à Alost, près de Gand, Antoinette, ma compagne d'émigration, m'a remis l'écrit suivant :

Encore des conspirateurs !.... Encore un attentat !... Et sur qui? Sur ce qui existe de plus respectable; sur un Roi trop clément; sur un prince, modèle des chevaliers français; sur des princesses que le malheur et leur pieux courage ont rendues illustres. Où trouveront-ils de meilleurs princes? Où trouveront-ils autant de vertus? Que veulent-ils ? Si leur projet était de changer le gouvernement, ils devaient croire que des milliers de bras s'éleveraient pour sa défense; qu'ils n'arriveraient au trône que sur les corps palpitans des troupes fidèles et des royalistes dévoués. Espéraient-ils vaincre par la ruse ou la trahison? Se seraient-ils armés du poignard de Louvel pour le plonger dans le sein des personnages augustes à qui naguère ils juraient une inaltérable fidélité? Y aurait-il encore des Louvel ? On aime à penser que la Nature ne crée que rarement de pareils monstres. Pour un léger espoir d'avancement, de grades supérieurs, des officiers français échangeraient-ils leur titre honorable contre le titre d'infâme meurtrier, de vil assassin? Elle n'aurait pas arrêté l'exécution d'aussi horribles projets, la pieuse résignation de cette ame généreuse qui pardonne à *l'homme* en ce moment terrible où, souffrant les douleurs les plus aiguës, l'auguste victime fait un adieu éternel à son épouse adorée, à sa famille au désespoir !..... Ils seraient donc plus cruels, les ennemis de la

monarchie, que le lion du désert qui rend
à une mère éplorée l'enfant dont il s'est saisi....
Hélas! il n'est que trop vrai qu'il existe des êtres
plus insensibles que ce monstre; puisqu'au moment où l'ange de la mort planait sur la tête de
l'infortuné prince, au moment où son ame s'é-
levait vers la divinité, on a vu, au pied du lit
de douleur, un homme debout, la figure pâle,
cherchant à cacher un sourire mal retenu qui
errait sur ses lèvres. Des yeux fixés sur ses traits
s'en sont détournés avec une secrète horreur!...
Un sourire dans cet instant!..... Ce sourire
perfide ne venait sans doute que du génie du
mal.

Veillons sur vous, infortunée princesse, à
qui l'hymen avait promis de longues années de
bonheur et de postérité, que la France accueillit
avec tant d'amour et d'espoir! Un scélérat aurait
tout détruit! Mais, non : un mot, un seul mot a re-
tenti dans le cœur désespéré des royalistes: *Vis,
ma Caroline, vis pour l'enfant que tu portes
dans ton sein*! Oui, elle vivra! et du haut du
ciel, les Bourbons martyrs veillent sur leur dernier rejeton. Ce n'est plus cette princesse, connue seulement par sa douce bienfaisance, par
ses qualités aimables : c'est le lis sur sa noble tige
qu'un terrible ouragan devait abattre, mais qu'un
rayon céleste a relevé plus brillant et plus ma-
jestueux que jamais! C'est la femme forte que
rien ne peut étonner ni émouvoir. Une vision
céleste lui est apparue : son noble sein recèle
un prince appelé à de hautes destinées, et sur sa
tête ELLE a vu poser la couronne! Présage heureux, tu ne seras point trompeur! Oui, il ré-

gnera cet enfant si desiré ! Que l'on ne craigne ni la haine, ni la trahison : nos cœurs formeront une chaîne que les efforts réunis de la *perfidie* chercheraient vainement à briser.

Vous veillerez autour de son berceau, vous, modèle de dévouement et de vertus ; à quelles mains plus pures pourrait-il être confié ? Nous veillerons, nous, au dehors, avec une tendresse aussi vigilante, et nous emploierons, s'il le faut, jusqu'aux ruses du malheur pour décourager le crime.

Déjà l'airain sacré se fait entendre.... Les cœurs palpitent ; les yeux sont levés vers le ciel ; la prière du peuple est entendue. Un cri parcourt en un instant la France ; cri de bonheur ! cri de joie ! qui efface tant d'années de souffrances et de malheurs ! cri de reconnaissance, vous retentissez vers l'Eternel, qui vient d'exaucer nos vœux.

C'est un prince !.... c'est un BOURBON !

ANTOINETTE ROBERT.

IMPRIMERIE DE DOUBLET, RUE GIT-LE-CŒUR.